中国古典小说课

周汝昌　著
周伦玲　整理

北京大学出版社
PEKING UNIVERSITY PRESS

图书在版编目（CIP）数据

中国古典小说课/周汝昌著；周伦玲整理. —北京：北京大学出版社，2022.3

ISBN 978-7-301-32937-5

Ⅰ. ①中… Ⅱ. ①周… ②周… Ⅲ. ①古典小说－小说研究－中国 Ⅳ. ①I207.41

中国版本图书馆 CIP 数据核字（2022）第 042979 号

书　　名 中国古典小说课
ZHONGGUO GUDIAN XIAOSHUO KE
著作责任者 周汝昌　著　周伦玲　整理
策划编辑 王炜烨
责任编辑 王炜烨　王立刚
标准书号 ISBN 978-7-301-32937-5
出版发行 北京大学出版社
地　　址 北京市海淀区成府路 205 号　100871
网　　址 http://www.pup.cn　新浪微博：@北京大学出版社
电子信箱 zpup@pup.cn
新浪微博 @北京大学出版社
电　　话 邮购部 010-62752015　发行部 010-62750672
编辑部 010-62750673
印 刷 者 北京九天鸿程印刷有限责任公司
经 销 者 新华书店
880 毫米 ×1230 毫米　32 开本　13 印张　302 千字
2022 年 3 月第 1 版　2022 年 3 月第 1 次印刷
定　　价 88.00 元

周汝昌

目　录

小引

承蒙中央电视台《百家讲坛》的盛情，我讲中国古典小说名著的节目已经播出。这次将节目内容转成书面形式，以便让未及看到此节目的各界人士了解其梗概，并建立相互间的交流。乘此机会，我还想讲讲我自己的几点感想，记在这里。

第一，电视播放的时间是有限的、宝贵的。古语有云，寸金难买寸光阴。在电视上播放却是“千”金难买“分”光阴；再加上这次节目的主题是如此之大和重要，必须在这么短的时间里说明源流始末、方方面面，这真是太“紧张”了——这个“紧张”是指时间的限制，并非我在讲的时候有什么紧张，我倒总是随随便便、信口道来，说得好听点儿，就算是有些“从容不迫”吧。话虽如此，我毕竟还是尽量把我想说的精简起来，因此在很多地方只能点到为止，许多细节或相关内容不能展开。这也就是我写这个小引的原因，以补充若干应该说明的问题。

第二，《百家讲坛》节目不是一般的致辞、讲话、谈话、采访等体例，而是一种讲课的形式，用英文说，前者是 speech，后者是 lecture，这是一个不同。然而电视上的 lecture 与学校里的课堂教学又不尽相同。在学校里，不管教室多么宽敞、学生何等众多，他们的年龄、教育基础、文化水平、知识程度等大致是均衡的，所以讲起来是有一定标准和集中点的。而电视节目的对象则与学校里很不一样 —— 是老少俱全、是妇孺皆有、是三教九流、是百行百业，他们听起来和在校学生可就大不相同了。怎样让这么多不同层次、水平的收视者完全听懂这个节目，而且觉得这样的讲法是合适的，这个事情可就太难了。

我自己对于节目的兴致和方法有一点儿经验和体会，节目的目的不要摆在传达知识上 —— 所谓“知识”是包括大家已然共知、共识的，字典词典、百科全书和有关参考书上记载明确的，这些都不要在节目中重述。就拿讲小说来打比方，不要像说评书那样讲故事情节，那样的做法实质上是把听众当作了纯属被动、消极的接受者，我觉得这是不恰当、不应该的。我的主张是 —— 节目最主要的目的是必须把听众的主动性和积极性调动起来，大家一起动脑筋、想问题，并引发出听众以前未曾想到的、新的意义和体会。所惜者，我因能力所限，没能做到这个地步，自觉惭愧。

第三，不妨让我说得更絮烦一些 —— 在今天的课堂里，起码有一块黑板，必要时还有录音、录像等辅助设备。这样，在课堂讲授时并非全部必用语言，而滔滔不绝地说话。那么在节目现场上，情况又很不相同。这 —— 还用我多说吗？还不止于此，在现场至少还有我创造的各种手势、姿态、语调、表情等来辅佐，可以使得我的教授不太死板，甚至有时所言还认为活泼有趣，这是我的一个长处。但是等看到这个节目由声音转变为文字的文本时，那些声音、手势、姿态、表情都已不复存在了，甚至我所喜欢的那种只说半截话，其余留与读者自行领会的办法，如果也照样变成文字后，那就更莫名其妙了。

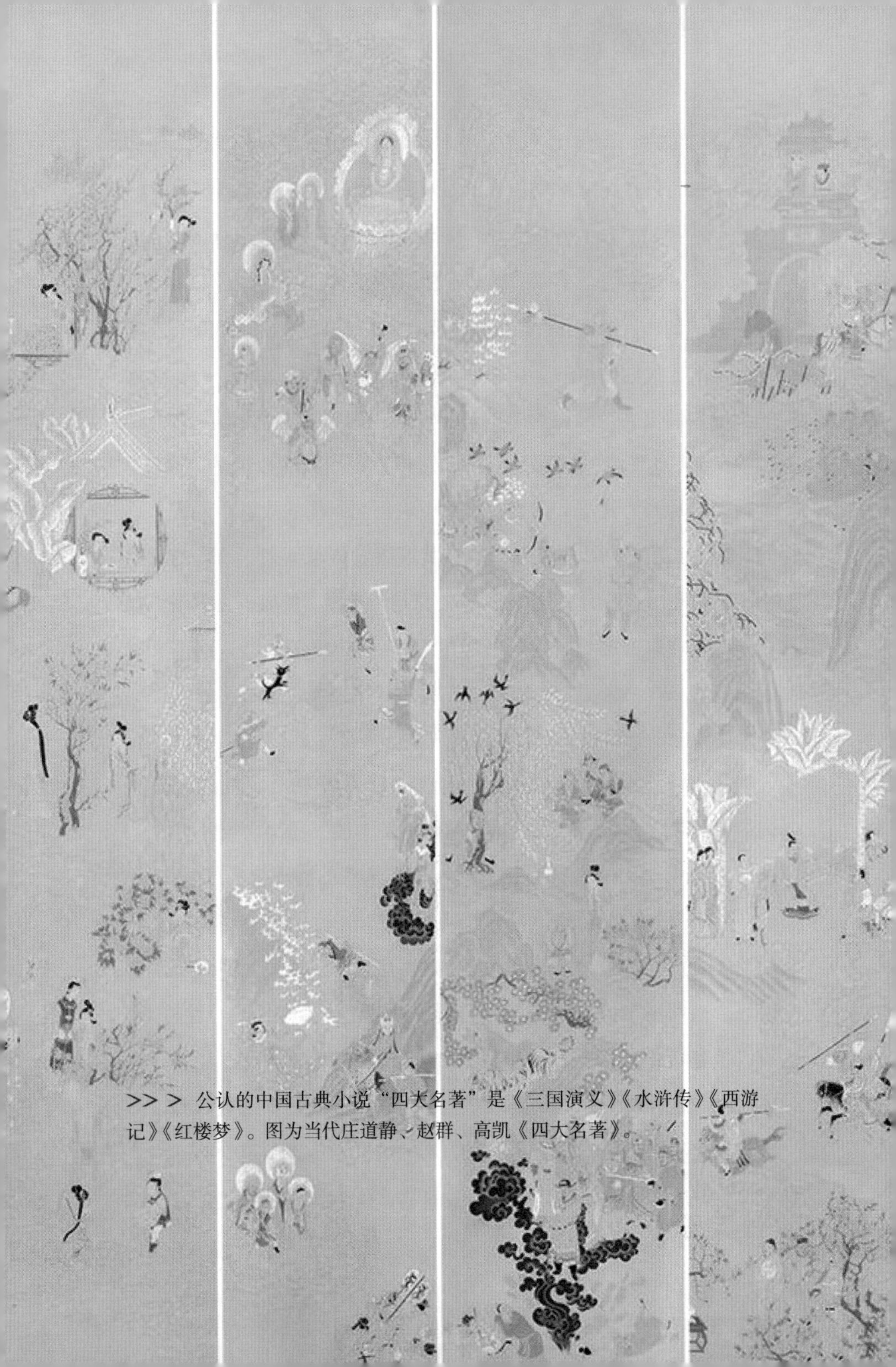

>>> 公认的中国古典小说“四大名著”是《三国演义》《水浒传》《西游记》《红楼梦》。图为当代庄道静、赵群、高凯《四大名著》。

这些困难如何解决，解决得是否得当？这实在不是我个人所能办到的。我只是在这里交代一下，对读者来说，还是有必要的吧！

上面说过，《百家讲坛》节目是 lecture，而不是 speech，既然是 lecture，其主题是小说，却又不是“说评书”。如今人们所共识、共赏的“四大小说”这个命题和概念，是怎么发生和流传下来的呢？原来，我们中国的长篇章回小说是由明代才盛行起来的，明代的小说数量很大，而最著名的却是所谓“四大奇书”，四者即《三国演义》《水浒传》《西游记》《金瓶梅》也。其所以成为“奇书”者，大约是因为其情节内容、文笔手法都与以往的故事小说大有不同。这种长篇章回小说的传统在清代又继续传承下来。清代的章回小说长长短短，不计其数——有的只是十几回，便成了一部书。在百回或百回以上的大书中，忽然出现了一部《石头记》，这部书比起明代的那些书来更是奇上加奇，真是异军突起、超迈绝伦。这部奇书一经问世，回过头来再看《金瓶梅》，那便令人感到真有天壤、云泥之别。于是人们渐渐地把《金瓶梅》剔出榜外，而以《石头记》取而代之。草草说来，这条脉络的基本情况还是比较分明的。

顺便提到美国普林斯顿大学比较文学系的浦安迪教授——一位专门研究中国小说的学者。近年来他提出一个主张：在中国文学的发展史上有楚辞、汉赋、六朝骈文、唐诗、宋词、元曲、明清小说等，而明清小说是一个泛称，表达不出朝代、时代的个性特点，所以他建议把“四大小说”的这种叙事文体就取名为“奇书”文体。他的这种认识和建议是否完全精确、学术界是否已有认同，都不是我此刻所要讨论的问题。我引来的用意是要表明中国的“四大小说”这一命题和概念，已被西方的学者所注意和承认。

我们要讲的“四大奇书”即长篇章回小说，总会遇到一个问题，就是文和史的异同分合的讨论，乃至争论。我本人从20世纪40年代开始研究《红楼梦》，强调这部小说表面上荒唐无稽，而实质上是有其真人真事作为素材的。也许我当时强调得过分了吧，于是受到批评和批判，说我不懂得文学与历史的区分，把二者混淆起来，把《红楼梦》这部伟大的文学作品说成是历史“实录”。我想，这种批评对我是有教益的。但我对文与史关系问题的认识，却并非那么简单、肤浅。我举两个例子来说明我的粗浅认识。第一，老子说：“信言不美，美言不信。”第二，孔子说：“质胜文则野，文胜质则史。文质彬彬，然后君子。”请大家注意我们的“两大圣人”实际上都在那里思考和讨论文与史的关系问题。这话怎讲？试想“信”者就是指历史真实，我们早有“信实”“信史”等词语，这个“信”就是不虚不妄的意思；“美言”者就是后世所谓的文学艺术语言。这么一来，事情就很明白——原来老子这位圣人、大哲学家，他主张的是只该有事实，而不赞成文学创作；他把“信”“美”两者，完全割裂、对立起来。

再看孔圣是如何教示我们的，他所说的“文”其实就是老子的“美言”，他所说的“质”其实就是老子的“信言”——至少可以这样理解，虽然粗略了一些，但离基本道理是不远的。那么我们又可明白一点：孔子与老子不同，他并不把“文”和“质”、“美”和“信”对立起来；相反，他以为二者是可以并存和融会的，只不过是二者的成分不可偏于一端，须要对等均衡。他的主张用我们今天的话来说，就应该是：史以文传，文由史立。回过头来，再用同样的道理来表示“信”和“美”的关系，也可以这样说：信以美传，

>>> 老子说：“信言不美，美言不信。”他主张的是只该有事实，而不赞成文学创作；他把“信”“美”两者，完全割裂、对立起来。图为宋代李公麟（传）《老子授经图》。

>>> 孔子并不把“文”和“质”、“美”和“信”对立起来；相反，他以为二者是可以并存和融会的，只不过是两者的成分不可偏于一端，须要对等均衡。图为清代焦秉贞《孔子圣迹图》。

明年孔子自陳遷於蔡如葉去葉反
于蔡長沮桀溺耦而耕孔子過之使
子路問津焉曰滔滔者皆是也而誰
以易之且而與其從避人之士也豈
若從避世之士哉耰而不輟

美由信立。

基于这样的认识，我总认为，要讲“文”与“史”的关系问题，应从老、孔二位大圣人那里领会真理。我们自己说话时，有时为了某种特殊缘由和用意会强调双方的某一方面，这可以理解，但注意不要走向极端而引来无必要的纠缠。这样来理解和讨论我们中国特色十分浓郁的“四大小说名著”的问题，自然就会顺理成章、豁然开朗。

我讲“四大小说名著”，至少有两重意义。

其一，我是想先从中国文学史、小说史上来看，所谓的“四大小说名著”是怎样产生的？为什么这四部书联系在一起，而成为一个文学名著概念？它们四者既然可以连在一起，那么其外在联系的脉络又是如何？所以我想说明它们各自有其独立性，而且又有文学发展史上的内在蕴涵。

其二，我也想说一下在我们中华民族的文学、文化遗产上，这四部小说为什么能够特别的辉煌、伟大，从而为全体人民所一致认同、耳熟能详、引为骄傲。

好了，我的小引就到此打住吧！

第一讲

《三国演义》的“义”

对于中国古典“四大小说名著”，我的估计是诸位大概都看过，看过几遍不知道，起码小说是怎么回事，它们的基本内容、情节、人物，一些普通的见解，都有这么个底子；如果没有的话，就不可能来听我这么闲谈。咱们怎么叫闲谈呢？我不能重复那些常识性的内容，同时这个节目是普及性的，咱们就是平等交流了。还是那句话，我们不是什么学术性的大讲座，有多么严谨的逻辑结构，我们不可能那么做。这样的话，我讲的时候仍然是海阔天空，不是每字、每句都局限在“四大名著”本身，那样的话就太死了，我也不会那样讲。有一些闲话，引起诸位的兴趣，我个人的经历、想法，都可以包括在内。诸位要知道是这么一个性质，就不会苛求于我，说你讲的这叫什么呀！也没讲出什么来啊！大家也许会失望。

如果是这样的话，咱们开始了。

第一节

小说与正史

我们有句老话，一部“二十四史”从何说起？就是说事情很多，千头万绪。我们今天讲的不是“二十四史”，而是“四大小说名著”，这个范围要小得多了，哪里有什么千头万绪？但是，说老实话，没有千头万绪，也有“十”头百“绪”，内容真是丰富复杂。好，姑且就从什么是小说讲起。

什么是小说？这个还要你讲，谁不懂“小说”这俩字？哎呀，不那么简单，特别是我们中国人心目中的小说，它是什么呢？有个概念吗？如果我们去查字典、定义、教科书，上面说小说是一种文学体裁……那就又是书呆子气了，这不是我们今天要讲的内容。在过去，小说叫闲书——休闲的书，没人拿它当回事。小说从什么时候才受重视，它的身份才提高起来，不但成为真正有价值的文学，而且是其中非常重要的品种？是在清末的时候，这个风气可能是受了西方的影响。

简单说，小说的“小”就是无关紧要。小说不是“大说”的对应词，不是“大话”“大言”的对应词，而是正史的对应词——

>>> 从《史记》《汉书》，一直到南北朝、隋唐……这样数下来，正史由官方的史官撰写，然后刊刻、发布，它是合法的、标准的。图为现代蒋兆和《司马迁像》。

官方写的、刊发的正史。从《史记》《汉书》，一直到南北朝、隋唐……这样数下来，正史由官方的史官撰写，然后刊刻、发布，它是合法的、标准的。民间的某个人或者说一部分人，也对那些历史事件、人物有兴趣，也要写写，那叫什么呢？就是小说。所以小说另外的名字就叫外史、野史、稗史。稗就是稗子。稻子是有用的，好东西；稗子跟稻子的叶子差不多，它在打混，是应该拔掉的东西。小说就是这么一个性质。但是刚才一举就是三个史——外史、野史、稗史，这不还是"史"吗？

小说居然隶属于史的范围，我们永远不要忘掉这一点，否则的话会有很多问题。我们的"四大小说"没有哪一部离开了这个最根本、最原始的定义。小说的构成当然并不简单，但不管外层有多少包装，最根本、最重要的还是那个"史"。这就像我们吃月饼一样，外层包装可能不少，但是里边呢，月饼就是那么个东西。我们首先要明白这一点，明白了这一点，底下就好讲。

小说跟正史有什么分别？当然可以说，老百姓的立场、观点、思想感情跟官方定的那个有所不同。这是一大分别。但是还有呢？它怎么就"小"呢？《三国演义》写的诸葛亮、关公，人物都很伟大，它怎么"小"呢？这个"小"怎么讲啊？诸位想过吗？当然，大家都知道，不过是我重复一下，它就是针对着那个正史——正史说的就是帝王将相、治国安邦，有大功劳、有文治武功；还有若干可以感动人的、可歌可泣的行为，比如救济人、在危难之中有出奇的别人办不到的事情；还有嘉言，好的几句话留下来，永远是我们中华人的格言、座右铭。这个大家都知道。

诸葛亮留下了什么？大家可能比我清楚，我已经背不下来

>>> 诸葛亮留下了什么？有“淡泊”两个字，又有“宁静”两个字，四个大字，这是诸葛亮教导人、做人的根本和指南针！图为元代赵孟頫《诸葛亮像》。

了——因为年龄的关系，头脑不行了。但是我记得有“淡泊”两个字，又有“宁静”两个字，四个大字，这是诸葛亮教导人、做人的根本和指南针！不能离开这四个字，这是他本人的人生哲学、人生经验，归结成这么四个字，就叫嘉言。正史上都要讲这个。

我们的小说，要让一般人觉得有兴趣、有情有味，只是板起面孔来、道貌岸然，都是嘉言懿行，那可不行，读者一会儿就打盹了。所以，得找有意思、有人情味的细节。

再早，还没有长篇大论的时候，单篇的小文非常简短，记一个人、一件事，就是小说了。到了晋代，人们对小说的兴趣高涨起来。这时候有一部名著，叫《世说》——后来加了两个字叫《世说新语》，专门记名士、比较大一点的人物——王谢名门子弟之类的，记他们最琐碎、最不足道的事情，我们读起来反而觉得确实有情有味。我最常举的例子，就是王蓝田性急的故事。这个王某，性子很急。有一次吃鸡蛋，他用筷子夹，没有夹到，一气之下，把它扔到地上。鸡蛋转个不停，他就用木屐去踩，又没有踩到。这样，他就有点气急败坏，最后从地上捡起来，放入嘴里，咬破了再吐掉。大家听听有趣没趣？可见，六朝时代写人物，已经在这个细节上下功夫，以细节来写人的精神和真正的性情、作风。

第二节

魅力《三国演义》

三国既然是历史，去看《汉书》《三国志》，不就行了吗？为什么要看《三国演义》呢？这里面就包含着我刚才说的那些道理。《三国演义》不是正史，而是野史，里边不仅有嘉言懿行、文治武功，更为重要的是有了细节，人物活灵活现起来，而不是一堆死板的历史。某年他生，某年他做什么，某年他又怎么的，最后某年逝世，那叫死文章。我们的文学为什么要叫文学？特别是我们的中华文学，诸位如果以前没有注意，请留神细细品味，就一个大字——“活”。读死文字、死文章，一会儿就睡着了。凡是读着眉飞色舞——今天谈起来还是如此，那就是活文章。这个“活”范围也很广，比如作者的思维、看法，心灵的活动，笔法的活，表现方式的活……这样才有魅力、才能吸引人，甚至百读不厌。

由此可见，《三国演义》是在正史的基础上，通过艺术加工将历史转化为文学，从而达到了深入普通民众、普及历史与文化知识的目的。它来源于历史，却又区别于历史。它有历史的影子，却更多地体现在文学创作上。

>>> 三国既然是历史，去看《汉书》《三国志》，不就行了吗？为什么要看《三国演义》呢？图为《三国志》作者陈寿的塑像。

>> > 军事作战是要用策略的，“兵不厌诈”。诸葛亮也好，周郎也好，用兵莫不如此。图为梅兰芳在《黄鹤楼》中扮演的周瑜。

另外一点，《三国演义》里边不是写什么武艺，那只是表面的，深层里边有什么？斗智。武艺是一回事，军事、策略、作战，又是一个概念、一个范围。两位武士对打，或者打擂台，可能跟军事战斗有关联，但并不是军事作战。军事作战是要用策略的，《孙子兵法》讲的就是斗智。我不是军事家，但是有一点，我知道这四个字——“兵不厌诈”。诸位，并不仅只这四个汉字，这个“兵”代表什么？当然既不是武器本身，也不是拿着武器的小兵卒，而是用兵战斗的策略，对不对？你的策略越机诈，没有一个实的——虚者实，实者虚；你这里怕人攻，那里不怕人攻，完全把目标转移了，迷惑敌方，弄得敌方不明就里，这不就是诈吗？诸葛亮也好，周郎也好，还有很多人物，每一个都没法“诚实”。当然，交朋友，在家里，那是另外一回事。但一坐在台上做元帅，指挥战斗，能够老老实实吗？他得诈，就是钩心斗角。假如喜好下棋，我倒要问，这叫干吗呢？这一招一式，完全就是斗智、钩心斗角。《三国演义》“演”出了这方面的精彩。

《三国演义》，还有一个中华文化上无比重要的思想观念，是什么呢？好像谈的人不多，我多次把它揭起来，写过论文，参加过文艺、文化峰会，我都用这个主题。我今天提醒一下，不知诸位想到没有，叫“三才主义”。主义是我加的，主义是从西方借过来的，我们中国人原来没有“主义”这个词，只讲“三才”。

哪“三才”呢？天、地，中间有人，这叫“三才”。这个“才”不是吟诗作赋、佳人才子，这个“才”是你的抱负、你的能量、你的才华表现、你的志向，也就是要做一份什么事情，能够做出什么事情，都在这个范围之内。

>> > 古人的分析能力太强了。中医一摸“虚实寒弱，表里升降”，好多对称词，一清二楚，这不是分析？图为古代中医治病的雕塑。

天有才。

天怎么还有才呢？古人举的例子，风雷云雨、变幻莫测，那还不是才？空空无有，表现却是千变万化，给人也是千百种不同的影响。对人有什么影响呀？太多了，比如农业，要不要雨？没有阳光，植物、动物能活吗？今天阴，我就害怕阴天，我的情绪非常低落，有没有影响？打一个暴雷，古人认为打雷与妖魔、鬼怪、邪物有关。看看，天对地上的、人间的生活影响太大了，这是天的才——才华、才能、表现。

天有天才，地有地才。

地有什么才呢？山川、物产，那还数得尽吗？光是植物、动物，能数得出有多少品种？古代李时珍的《本草纲目》，大家看看那里边，只说可以入药的植物，能数得过来吗？人家分科分目，有的学者说我们中国人只会综合，不会分析，是这样吗？不要歪曲我们的祖宗，我们祖宗的分析能力太强了。我们中医一摸“虚实寒弱，表里升降”，好多对称词，一清二楚，这不是分析？所谓对症下药，不能一味阿司匹林，治一万人都是阿司匹林，不分是热性是寒性、是升是降、是补是泻，不知道这个，那叫会分析？不能说外来的就是好，我们自己的就一钱不值，这是歪曲我们的祖宗，歪曲我们中华民族的智慧。

能说地没有才吗？这就是地的才。

最后，落到天地之间的这个人，人为万物之灵，又说人是天地之心。如果只有天、只有地，榛榛莽莽，浑浑噩噩，再过上十亿年、一百亿年、一万亿年，仍然是原始大森林，里边有的是大怪物，它们有思想吗？我不知道，谁考证的呀？它们有文化吗？更不知道。它们将来假如有文化，怎么进化啊？怎么发展啊？我也不知道。问谁去？问恐龙？恐龙今天只有化石了。可是，大家看看人留下了多少东西？他会思考，他有感情，能说、能笑、能哭、能悲，还能表现、传达，这个就是人的才。

天、地、人“三才”，被《三国演义》的作者抓住了，这是体现了中华文化内涵的一个非常重要的哲学思想。

所以，有这样一个说法：曹操占了中原是占天时；孙权占了东吴——东南六郡八十一州，他得地利；刘备，什么都没有，被赶来赶去，挤到西南那一角，就是入了川，才得以稍微安定。这样为什么能够鼎足而三？看人家那个势力、那个条件，刘备什么都没有，就有刘、关、张“三结义”，就有关、张、赵、马、黄“五虎将”，他靠什么呢？

这就是小说家、普通中华人，已经有了这么一个念头：刘备他是靠人和。

>>> 天有天才，地有地才，最后落到天地之间的这个人，人为万物之灵，又说人是天地之心。天、地、人“三才”，被《三国演义》的作者抓住了。刘备什么都没有，就有刘、关、张“三结义”，就有关、张、赵、马、黄“五虎将”，他靠什么呢？图为现代郑师玄《桃园三结义》。

第三节

《三国演义》的缺憾

大家会不会问我，《三国演义》有什么缺憾吗？

缺憾难免。首先，本来《三国演义》《水浒传》都是民间积累的故事，跟一个个别作者的创作——比如说巴金作《春》《秋》，不太一样。《三国演义》开始就不是创作，而是民间的传说。不知是多少代了，可能三国一结束，当时个别的故事就已经在那里流传，谁谁谁，他怎么、怎么的，哎呀，我听说，我爷爷还赶上过关公——这是情理之中的。这本《三国演义》是这么来的，以后又不断积累，串联了许多故事。

这之后，出来一个罗贯中，到底是不是罗贯中，没人敢保，反正是出来一个文人，把它整理、编整、调理、润色——还不行，他不放心，这就是文人的缺点，他说这个不合正史。因为这里边有很多的想象，就是所谓编造、虚构，他便找来一部《资治通鉴》。《资治通鉴》里边的编年，从头到尾三国的事情都有，他去一核，有不对的，就改了；正史没有这个细节啊，这是哪儿来的，这不行，也删了。这就麻烦了。他往正史那儿拉，老百姓喜欢的艺术上

>>> 不知是多少代了，可能三国一结束，当时个别的故事就已经在那里传说，谁谁谁，他怎么、怎么的，可能有人说，我听说，我爷爷还赶上过关公——这是情理之中的。图为明代商喜《关羽擒将图》。

的那个趣味、那个情调减少了。

这是损失，这并不是好！

罗贯中之后，到了清代康熙年间，又出来一个毛宗岗。毛宗岗是批点家，他也做了这种工作。他自己在凡例里边说得很明白，就是我有增、有删、有改，还有什么，好多条。坏了！他是个文人，他一看不对味，不喜欢，他有个人的酸甜苦辣、个人的胃口，他不管咱们，他删了，删了不就是个大损失！这又坏了，又往正史那边拉了一步，大概是如此。

其次，《三国演义》还有一大缺点——我不满意，就是好像木偶人耍帝王将相。没有任何一个别的身份的人，能够占据他们的地位，好比走马灯转来转去，好比木偶人耍来耍去，总是他们那个身份、品格、阶层。下面真正的中国的社会，其他各种人的人生，我不敢说绝对没有，我的印象当中却是很少，大概可以这么说。这样的作品，我能否说它有缺憾？当然诸位可以说，那个时候，几千年流传下来的这种性质的群雄割据一方的故事，让它像我们今天一样写群众、写人民，这个要求是否苛刻了一些？可能有这样的观点，这个我不敢自作主张，我只是向诸位表明我个人怎么看、怎么想，这也是今天这一小讲的基本目的。这都是我个人的一些体会和感想，零零碎碎，不成系统。

至于今天我想不起来的内容，我们下回讲《水浒传》，还可以回头来，把这两个结合起来，好不好？

这一讲就到此。

>>> 后来出来一个罗贯中，到底是不是罗贯中，没人敢保，反正是出来一个文人，把它整理、编整、调理、润色。罗贯中之后，又出来一个毛宗岗，又做了批点。图为罗贯中塑像。

讲后小记

《三国演义》的本名是《三国志演义》，流行的名称却把那个“志”字给省略掉了。一字之差，有何重要，也值得讲一讲？说不重要也行，说重要也不为过。原来我们中华的史书经典，太史公司马迁的《史记》以后，接着又有三部书，统称“四史”，即《史记》《汉书》《后汉书》《三国志》。所谓《三国志演义》，就是说小说作者是以“四史”中之《三国志》为基本框架而撰写成演义的。那么，“演义”是什么意思呢？就是在一个素材基础上敷衍发挥、点缀增饰，使得庄严正大的正史著作变成了通俗有趣的文学形式。用今天惯用的词语来说，《三国志演义》以正史为素材蓝本，而又进行了艺术加工。

不待多说，聪明的读者已然看到《三国演义》的性质、体裁、写作手法都与其他三部小说不同。例如《水浒传》《西游记》《红楼梦》都没有什么可以称得上是文字蓝本的东西作为素材。《三国演义》从其本身的特点就发生了一个“七实三虚”的问题，就是说《三国演义》所写的有七分是历史事实，有三分是作者的虚构。这个问题成了明清两代以来读者、学者争论的焦点：是实多一点儿

昭烈帝曰漢室傾頹姦臣竊命孤不度德量力欲信大義於天下而智術淺短遂用猖獗至於今日然志猶未已君謂計將安出

諸葛亮對曰自董卓以來豪傑並起跨州連郡者不可勝數曹操比於袁紹則名微而衆寡然操遂能克紹以弱為強者非惟天時抑亦人謀也今操已擁百萬之衆挾天子以令諸侯此誠不可與爭鋒孫權據有江東已歷三世國險而民附賢能為之用此可以為援而不可圖也荊州北據漢沔利盡南海東連吳會西通巴蜀此用武之國而其主不能守此殆天所以資將軍將軍豈有意乎益州險塞沃野千里天府之國高祖因之以成帝業劉璋闇弱張魯在北民殷國富而不知存恤智能之士思得明君將軍既帝室之胄信義著於四海總攬英雄思賢如渴若跨有荊益保其巖阻西和諸戎南撫夷越外結好孫權內脩政理天下有變則命一上將將荊州之軍以向宛洛將軍身率益州之衆以出秦川百姓孰敢不簞食壺漿以迎將軍者乎誠如是則霸業可成漢室可興矣

丁巳冬余僑寄汾江假居旅館

如溪二兄囑友人作三顧草廬圖旋以成索書武侯隆中對語余特俗務靡集未有以應也今春偶檢舊書簏中得此紙塵厚寸許乃拂拭之為搦管錄此竊惟三代漢稱純臣者以諸葛爲最微特致治之略光被西土即謹慎二字已為聖賢心學揭出淵源少陵謂其伯仲伊呂良不誣也晴窗暇日漫綴數語

如公諒不河漢余言爾己未花朝弟何瓚儀識

>>>《三国演义》从其本身的特点就发生了一个“七实三虚”的问题，就是说《三国演义》所写的有七分是历史事实，有三分是作者的虚构。图为清代苏六朋《三顾茅庐》。

好，还是虚多一点儿好呢?《三国演义》这样的历史小说，就应该以实的多少来衡量它的价值吗？文史是否可以合一，怎样合一？如此等等，议论纷纷。

直到今天，还可以继续研究讨论下去。

《三国演义》为什么产生最早、流行面最广呢？这是因为三国的故事从很早以来就是人民群众所关心的国家大事。章回长篇小说的发生是从宋代开始的。我们的中古历史——一个唐代、一个宋代光辉灿烂，中间却夹着一个残唐五代：梁、唐、晋、汉、周。五代整整扰乱了五十个春秋，这五十年的动乱使得百姓渴盼天下的安定统一，所以宋代的人就特别喜欢回顾国家先前由分裂而归于一统的故事。宋代建立以后，军营之中兴起了讲故事的风气。讲故事分好几类，以讲史居于首位。而讲史这一类中，又以"说三分"为最受欢迎。宋代的所谓"三分"，就指魏、蜀、吴三国的并列。"三分"这个词语，京剧里诸葛亮的唱词中还有："……先帝爷（刘备）下南阳御驾三请，算就了汉家业鼎足三分。"大家看我们的民间艺术中，各种文学形式的承传流变，其中不曾断绝的脉络痕迹是多么有趣呀。

我在这里无法多举故事的精彩部分，只引了一个"蒋干盗书"的小小片段，而且我举的是京剧《群英会》中的几句道白："你看蒋干（字子翼）自以为能，他要代表曹操到周瑜（字公瑾）那里去说降，说降他投归魏营。"一见面，周瑜不容他多说两句话，单刀直入、一针见血地说："子翼良苦。远涉江湖，为曹氏作说客耶？"这周郎当头一棒，便打折了蒋干的勇气和才气。接着假意款待蒋干这位老同窗，而大摆宴席。刚一坐定，他突然宣命："太史慈听令！"

>> > “三分”这个词，京剧里诸葛亮的唱词中还有：“…… 先帝爷（刘备）下南阳，驾三请，算就了汉家的业，鼎足三分。”图为京剧《群英会》剧照。

>>> 许多人所以感情上倾向蜀国的大部分原因，实与诸葛武侯的学识、人品、忠诚、高尚感动了他们有关。图为现代金协中《用奇谋孔明借箭》。

太史慈立刻应答："在！"周瑜接着说道："今日宴饮，但叙朋友交情。如有提起曹操与东吴军旅之事者，即斩之！"太史慈答了一个"得令"，然后哈哈大笑三声……看这种气势、阵容，简直就把蒋干整个儿给镇住了。一句话也无从开口，真是严峻万分、厉害无比。

蒋干至此，原来想要展才立功的念头完全破灭，这才逼得他在无计可施之中忽然想起要在夜里偷看周瑜的军情机密文件，而这恰恰中了周瑜安排的瞒天过海妙计。简而言之，蒋干盗回了假书信，自谓比原来设想的大功还要重要，却使得曹操也被瞒过，立即斩了两位无辜的将领。只此一例，已充分表明我所说的《三国演义》里并未真正写千军万马生死搏斗的高低胜负，而是把笔墨放在"人才"这个重点上。

说到人才，让我再略述一点个人的感想：魏、蜀、吴三方所以能够在一个历史阶段中鼎足分立，重要的原因就在于他们各自拥有文武人才，并且能够加以运用，发挥他们的才能。从历史上文学作品中的描写来看，人们对偏居西南的蜀国感情最深。例如"诗圣"杜少陵那首《蜀相》写道：

> 丞相祠堂何处寻，锦官城外柏森森。
> 映阶碧草自春色，隔叶黄鹂空好音。
> 三顾频烦天下计，两朝开济老臣心。
> 出师未捷身先死，长使英雄泪满襟。

又如晚唐大诗人李义山也曾赞叹诸葛亮而写诗，有一句说他是"猿鸟犹疑畏简书"，又说"管乐有才真不忝，关张无命欲何如"。请看，他们所以感情上倾向蜀国的大部分原因，实与诸葛武侯的学

>>> 宋代苏东坡那首名作写道：“大江东去，浪淘尽，千古风流人物。”这个风流人物是谁？他心目中的第一位就是三国的周郎，认为只有周瑜才当得起“风流人物”这一称号。图为明代仇英《赤壁图》。

识、人品、忠诚、高尚感动了他们有关。

再看对东吴那一方面又是如何呢？从当时来看，曹操这位大英雄就明白表示了对孙权的为人、才能的高度赞叹，他说："生子当如孙仲谋（孙权，字仲谋），刘景升（刘表，字景升）儿子若豚犬耳！"

"生子当如孙仲谋"——这七个字也曾被南宋爱国大词人辛弃疾（字稼轩）引用过，表示他对南宋高宗、孝宗等皇帝的沉痛感慨。

再看另外的佳例，北宋大文学家、大词人苏东坡在那首著名的《念奴娇·赤壁怀古》中写道："大江东去，浪淘尽，千古风流人物。"这个风流人物是谁？他心目中第一位的就是三国的周郎，认为只有周瑜才配得上"风流人物"这一称号。他在这首名作的下半阕又加重赞美周瑜的风度和才能，那是"羽扇纶巾，谈笑间，樯橹灰飞烟灭"。这是说周瑜的儒将风度，他手里挥着羽扇，边谈边笑，若无其事，从容不迫地指挥这场重大战役。

总起来说，人们对于魏、蜀、吴三方，感情倾向可以各有不同，但焦点却聚在重视和尊敬人才这一点上，这是十分之清楚的。

>> > “生子当如孙仲谋”—— 这七个字也曾被南宋爱国大词人辛弃疾引用过，表示他对南宋高宗、孝宗等皇帝的沉痛感慨。图为辛弃疾像。

第二讲

《水浒传》的“忠”

这么多朋友坐在这里，良辰美景，大家有闲空，来听我讲讲中国古典小说的“四大名著”，这是多么好的一件事。但是我能满足诸位对我的期望吗？实在是很惭愧。我们不是说评书、讲故事，而是就着“四大小说”这个主题，来谈谈对于“四大小说”的某些感受，以及我与这“四大小说”所发生的关系，引起诸位头脑中、心灵上的一些感应，引起诸位的想象、感想，最后还有一个字，就是“悟”。我每次的节目，都是即兴式的漫谈，不可能有讲稿，也不成系统，这是客观条件的限制，大家多原谅！我这么零乱地讲，大家得自己贯穿，替我来剪裁、组织，得有个悟力。

好，下面开始讲《水浒传》！

第一节

《水浒传》里有文化

《水浒传》，跟《三国演义》的不同点在哪里？

《三国演义》是各自招揽，文武全才。有了这么一大堆人才——文的、武的，看看这三方，他自立门户，你就没办法，谁也打不败谁，还是人才重要。

到了《水浒传》恰恰相反，用的是奸臣——这是第一个大错误；奸臣用的又都是坏人——这是第二个大错误，它是更大的错误。对天下一流的人才不但不认识、不使用，而且加以陷害、迫害，天下之大乱——梁山泊的出现就是这样形成的。

大家想，对不对？

《水浒传》的开头，是怎样的呢？

第一回，就说有一个古碑埋在那里，压着，谁也不许动。来了个官员，他仗着自个儿的身份、势力，非得要看看。庙里的老和尚没办法，就找了许多劳工来挖碑，碑刚一被掀起来，唰——一道黑气，直奔那方而去，这就是后来一百零八将的那个“气”。这个“气”是好气，是坏气？大概不能说是好气吧，好气怎么能叫黑气，

>>> 这个气是好气，是坏气？这气一放出去，那边普天之下，东西南北，诞生了一百零八个绿林好汉。图为清代果禅《水泊梁山一百零八将全图》。

为什么还要把它压起来、封闭起来，用咒语、神通把它封锁，不许乱动？可见不是好东西。这一放出去，那边普天之下，东西南北，诞生了一百零八个绿林好汉。《水浒传》就是由这儿开始。

诸位，看看我们这个文化上的思想、意识，那个哲学、审美，对人物的评论，对天、地、人的那个想象，都包括在内。我们动动脑筋，想一想，这什么味？有情有味，多有意思。你可以不同意，人怎么会是黑气变的？这个不科学。今天接受了一点西方科学的最表面的常识，就来反对几千年来我们祖宗所获得的那种想象和认识，说它完全是非科学、反科学的。要用这样的办法来读《水浒传》，就没什么意思了。

第一回说这么多，大家就明白了。

第二回由谁来开始？高俅。整个《水浒传》它不敢指斥皇帝，专门讲这个奸臣、掌权的贪官，是他们把这个“天下”弄糟糕了。这么多的英雄好汉，他不会用，不为国家、人民谋利益，他一个一个地陷害、冤屈，并置之于死地。一腔怒气写出的这部书，这个味道跟《三国演义》比，你们看看，有多大差别?《三国演义》不管如何，它是三方面势均力敌的，是那些帝王将相，在那里争权夺利、争地盘,《水浒传》不是这个。《水浒》换了，换了这一百零八将，这个不成文啊，怎么把它贯穿起来？它是分散的，开头一故事，鲁智深；后来一故事，武松；再后来一故事，林冲；再一个故事又张三、李四，这怎么弄啊？一条线：宋江—梁山泊—杏黄旗立起来，四个大字“替天行道”。这个还用我讲吗？讲《水浒传》离不开这个吧。这是什么意思？皇帝、宰相、所有底下那些掌权的官都糟糕透了，他们不“替天行道”，我来“替天行道”。必须把

>>>《水浒传》换了，换了这一百零八将，这个不成文啊，怎么把它贯穿起来？它是分散的，这怎么弄啊？一条线：宋江—梁山泊—杏黄旗立起来，四个大字“替天行道”。图为电视剧《水浒传》剧照。

替天行道

>>> “替天行道”这四个字，真就是指那个天吗？到底宋江、卢俊义、晁盖懂不懂天是什么？图为明代陈洪绶《水浒叶子》。

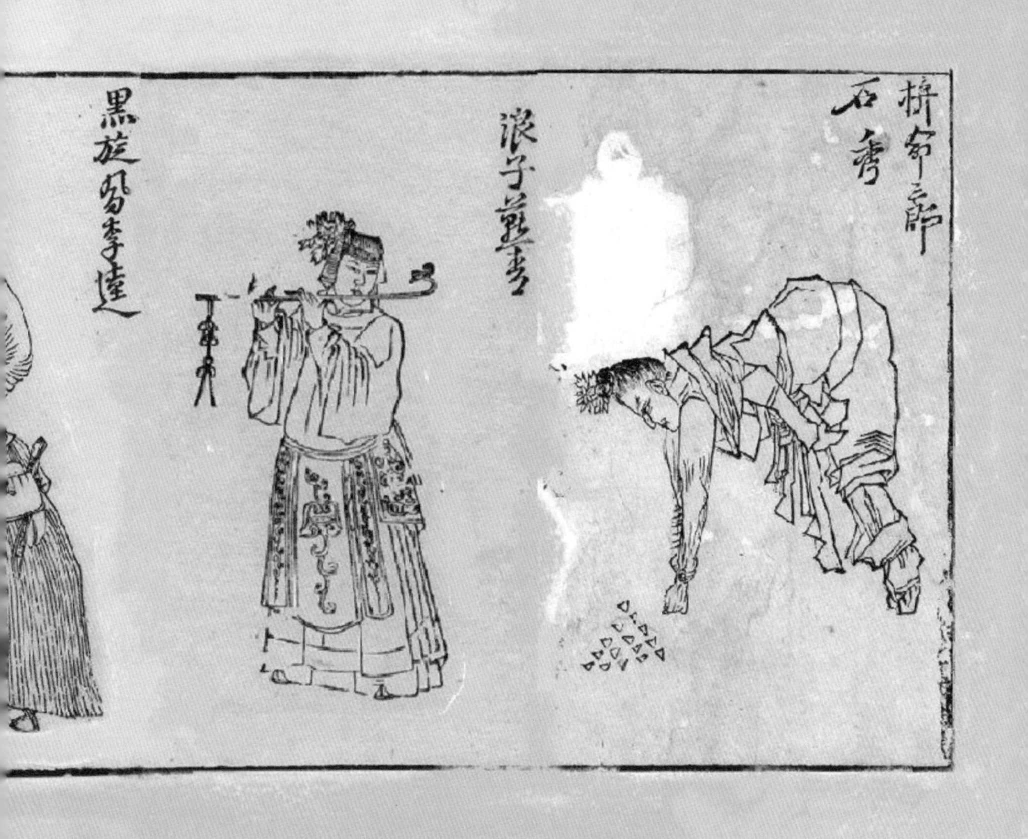

拚命三郎
石秀
浪子燕青
黑旋風李逵

这个“天”举出来，来号召全国。

为什么是天？中国古人——我们的祖先就信天，但不是迷信天。天时、地利、人和、天人合一，这个人人都知道。今天的大学者一致同意，中华民族最高的哲学思想是天和人的合一。这能不讲天吗？合一呢，是说把天的事情和人的事情、把天文和人事，截然分开了，那要犯错误。我举个不太恰当的例子，季羡林先生不是说过吗——西方的文化是要征服自然；我们中国不是要征服自然，自然没法征服，而是顺应自然。懂了自然，找到它的规律，顺应大自然的规律，做出某些处置，这是我们应该做的。如果是征服它，表面上看起来，好像还能改变自然，还能运用自然，生、光、化、电，还有什么原子、电子，这不是征服了自然吗？中国人不这么看。大家看看，生态环境的大问题一个一个出来了，都是不顺应自然，而任意在那里改变自然的恶果。当然我说这些并不是反科学，不要那么附会，科学有科学的领域，有它的层次，有它的限度。我们说的“天人合一”，是另外一种哲学思想，天和人是一致的、交通的，是彼此感应、感化的。而照我本人的狂妄想法，人本来就是天的一小部分，明白了自己的身份、地位和能力，服从大自然、大宇宙的总规律，人类就不至于犯大错误。

说了这么多，还是为了理解《水浒传》。“替天行道”这四个字，真就是指那个天吗？到底宋江、卢俊义、晁盖懂不懂天是什么？就是看见那个蓝色、青色的天空，上面还有玉皇大帝？不是一回事。我要说明一点，这个“天”，古来是把皇朝、皇权的代表人物，就是皇帝，跟天附会到一起，所以他自称天子。我是天的儿子，所以我有权“替天”来“行道”。所以，立一个朝代、起一个年号总离不开这层意思，最明显的如天顺、天命、天祐，即使是“天”字不明白说出来，里边仍含着这个意思。

我个人这样理解，《水浒传》中的这个“天”不是直接的，并不是明白地指皇帝，一部《水浒传》从来没写过反对皇帝一个字，它总是说奸臣高俅、童贯、蔡京，奸臣啊，奸臣！昆曲里边的《林冲夜奔》就是专门骂高俅的。冤屈万分的林冲，家亡人散，自个儿在黑夜里逃命。那一出戏，一个单角唱一台戏；夜景，人也穿着黑衣服；一把宝剑，出来就载歌载舞唱到完。最后一个曲子，“一宵儿奔走荒郊，残性命挣出一条”，仅仅剩了一条活命，“到梁山借得兵来”，无路可走，只能逼上梁山了。这个曲子叫《点绛唇》，好听极了。我听过侯永奎的《林冲夜奔》，当初还会唱，现在没法唱。“到梁山借得兵来”，这个时候有几个字的道白：“高俅哇，贼子！定把你奸臣扫！”这部《水浒传》是要扫奸臣，不敢说扫宋徽宗。徽、钦二帝被金兵掳到东北，到了那边穿上青衣——青衣就是奴仆穿的黑衣服。金朝皇帝、大官大摆酒宴，让徽宗、钦宗当小酒童，一个桌子、一个桌子斟酒。在宋朝人的感情上，徽宗、钦宗就代表着国家，那简直悲痛极了，国家民族的大耻辱啊。岳爷爷岳飞，一生就是为了要报这个仇——我得把“二宗”给请回来！你能够反对说这都是封建思想？

要是这样讲历史，我们中国就没有历史了。所以不能只看现象、只看表面，要深入理解我们这个民族的思想感情，我们的历史、社会的各种条件。

北宋末年遇到宋徽宗这样的皇帝，是那朝代的不幸，不能全怪宋徽宗——宋徽宗这个大坏蛋，怎么不去治国！这个是历史悲剧。

>>> 这部《水浒传》是要扫奸臣，不敢说扫宋徽宗。北宋末年遇到宋徽宗这样的皇帝，是那朝代的不幸，不能全怪宋徽宗——宋徽宗这个大坏蛋，怎么不去治国！这个是历史悲剧。图为宋代赵佶（宋徽宗）《文会图》。

宋徽宗是大艺术家、大美术家，让他去治国，他没法不坏，这个坏不是他本人做坏事，完全不是。他当时做皇帝，国事只能委托一个宰相去处理，就是找个代理人。

于是天下所有的大事宰相做了主，不过是照例汇报一下，让他点点头，宋徽宗的职务就是这个。他每天干什么？写字作画。他写的字叫瘦金体——有人还把我的字派为瘦金体，其实毫无关系，诸位千万不要受这个影响。他画什么？画鹰，画工笔花鸟。现在故宫还收藏着宋徽宗的画。《红楼梦》假借贾雨村的话，说宋徽宗是正邪两赋而来的人。曹雪芹对宋徽宗的这个评价不是政治上的，有着很深刻的文化内涵。

这是我们中华文化上复杂万分的问题，这里我们不能展开讨论。

但我们要明白，讲小说，实际上是讲文化。

第二节

《水浒传》的好汉与女人

《水浒传》里什么人给我的感动最多？可以说第一个就是鲁智深——鲁达。这个人物可爱不可爱？他为什么使我感动？他不过就是搭救了一个唱曲的——在茶馆、饭馆卖唱的，旧社会专门有这个。鲁智深打抱不平——三拳打死镇关西，由此走投无路，被好人介绍到佛寺剃度当了和尚。有没有剃发？我闹不清了，应该是剃发做和尚。可是戏台上的《鲁智深醉打山门》还是戴发修行，戴着一个月牙箍，京戏里边都是这样，又像没有剃发。他手中有一根禅杖，耍起来如同旋风，不要说直接挨上，就是沾上个边，大概性命就完了。他是个真正的英雄，不顾个人安危，可以舍身为人。

《红楼梦》第二十二回中，贾宝玉和薛宝钗发生文化关系的时候，宝钗过生日，点了一出《鲁智深醉闹五台山》，就是《醉打山门》，原来叫《山门》。——昆曲里边一出一出的戏名，原来都是两个字，字数多的是后来加的，如《夜奔》加了“林冲”两个字，后来就叫《林冲夜奔》。宝钗告诉宝玉：“哎呀，这出戏可真好！”贾宝玉那时候还不太懂戏，说最不爱看那个热闹戏。宝钗说：“这

>>> 鲁智深打抱不平——三拳打死镇关西，由此走投无路，被好人介绍到佛寺剃度当了和尚。他是个真正的英雄，不顾个人安危，可以舍身为人。图为清代张琳所作《水浒传》人物画。

天雄星豹子頭林沖
天孤星花和尚魯智深

可不是个热闹戏，你哪懂啊，有一个曲子最好。”宝玉说：“宝姐姐，念给我听听。”宝钗就念了那出曲子。你说我这是讲《水浒传》吗？那当然了，这就是讲《水浒传》，这是用另外一个方式讲《水浒传》。我还是那句话，我不要来背《水浒传》，跟《水浒传》有关的，我们都应该知道。宝钗说，这支曲子叫《寄生草》——曲牌名，怎么说的？“慢揾英雄泪”，鲁智深流泪了；“相离处士家”，辞别寺庙和介绍他的赵员外；“谢慈悲，剃度在莲台下”，谢谢你们的好心，救我，帮我剃度——剃度就是执行出家的手续，披上袈裟，出家了；“没缘法，转眼分离乍”，可惜我跟佛门，跟你们长老、员外、佛都没有缘法，刚来不久就分离；底下“赤条条，来去无牵挂”，一身无忧，无亲无故，没有一件是他本人的财产，等于就是赤身一个人，赤条条来去，了无牵挂。我们讲禅学、佛学，一个人活一辈子，你家财万贯，你现在趁几千万、几万万，都是假的，一闭眼，没有一分钱是你的，所以你还是赤身来赤身去。当然，我们不是在这里参什么佛法，而是说对鲁智深这个人物的感受。就是这样一个人，他走投无路，什么都没有，孤独寂寞到极点，赤条条来去无牵挂，是可怜、可痛，而不是什么悟了道。这是我个人的意见，我把我的心情、我读《水浒传》的感受，在这个场合跟你们说，大家来听也就是为听这个，是吧？

读到林冲的故事，我的感受如何呢？

真是没法说，林冲的故事最感动人了。大家都知道，林冲最后差一丝毫就被火烧死。他被发配到草料场，已经是末路了，对手还不放过他，你看心黑手辣到什么地步？那一场大雪，拿着一条花枪，挑着一个酒葫芦，打了酒来。不论是画，还是影视，那个诗的

>>＞ 读到林冲的故事，人们的感受如何呢？真是没法说，林冲的故事是最感动人的。图为杨家埠年画《林冲雪夜上梁山》。

境界，多么浓厚！这是《水浒传》里边最美好的文字，也是文学艺术大家之笔，大家都公认，不用我来重复。坏人暗地里要烧草料场了，幸而林冲因为天寒躲到山神庙里，才逃过一劫……看《水浒传》，真是感情沸腾，让人想象人生、想象社会、想象人的心田、想象人和人的关系，真是万言难尽！

有观众问，为什么《水浒传》里的两个坏女人都姓潘？那咱们就顺便讲讲这方面的问题。

这个问题问得非常有趣，其实是这样，岂止是都姓潘，《水浒传》一开始就没有一个好女人。大家佩服宋江，他成了梁山首领，但他是个什么人呢？就是县衙里面代理民词的人，说句不好听的话，就是“刀笔小吏”。两个人打官司，他能舞文弄墨，把一点理都没有的事说成是占理的。宋江娶了个小老婆，叫阎婆惜。阎婆惜是好女人吗？她用不着姓潘，她姓阎。所以根本问题不在姓不姓潘，而在《水浒传》作者对当时的女性有偏见。这可能是由于他个人的经历，没有遇见好女人——这是我的看法。这是个别的例子。

女性在传统社会里的地位、遭遇简直没法说，年纪轻一些的可能没法理解，我有旁观的体会，那真是痛苦不幸。有些话，不好在公开场合敞开说——比如女人的贞节、品质，这个方面有了缺点。四川写剧本的“怪杰”魏明伦，不就是为潘金莲打抱不平吗？潘金莲就一无可以同情之处？她也有难言之苦，她有苦闷，想另找合意的人，这当然合情理，只是丈夫再不怎么样，可以想办法离开他，但不能用手段把他害死。我们是同情武大郎、同情武松，还是同情潘金莲？所以这个事情就非常之复杂，不是一句话能说清楚。潘金莲有心理上、生理上的多方面的需要，但是不能害人，这是最主

>> > 看《水浒传》，真是感情沸腾，让人想象人生、想象社会、想象人的心田、想象人和人的关系，真是万言难尽！图为施耐庵和他的《水浒传》人物雕塑。

要的——武大郎本来就是那么可怜的人！至于武松，回到家一看，亲哥哥不在了，一查原来是这么回事，能说武松不对吗？当然，他的所作所为是否都合理？我们没有那个意思。设身处地地讲，武松是个粗人，他没办法跟林冲比。林冲是八十万禁军教头，水平、人品、头脑，非常人所能及。所以一切要具体分析、具体评论。要想到多方面的因素，不要执意而论，不能凭一句空话、一个名词，就去给人家当法官、做定论、去判案，这既不是读文学作品的态度，也不是做学问的态度。

讲后小记

上一讲中，因《三国演义》之事引用了李商隐的两句诗，上句是“管乐有才真不忝”，这说的是诸葛亮的才学、德识，比起管仲、乐毅这等人才来毫无愧色；下句是“关张无命欲何如”，由这句诗可以充分证明，或者稳妥一些说，可以让我们推断，早在唐代，刘、关、张兄弟三人桃园结义的故事就在民间流传了。上句是说文，下句是讲武，总起来还是一个人才问题。既然如此，在他们兄弟三人中，为何单是关公特受民众的崇敬呢？这又表明伴随着“才”字，还有一个品德的重要因素。那时曹操最重关公，想把他收为帐下，以成大业。听书、看戏，可以常常听到“三日一小宴，五日一大宴，上马一提金，下马一提银”，这是得到最上等的恩遇。但关夫子一方面感激曹操的知音赏遇，另一方面却不忘刘备的结义之情。他——美女十名一人不纳，另置居处，而且挂印封金、单人独骑，过五关斩六将，终归投奔到兄弟相聚之处。这就是说关公之长处不仅仅是青龙偃月刀，天下无敌；而更在他的高尚人格，受人无比崇敬——这是讲《三国演义》人人皆知的情节。那么我又为什么单单重复这些呢？我就是要借这一问题来同大家一起思索、

>>> 可以推断，早在唐代，刘、关、张兄弟三人桃园结义的故事就在民间流传了。图为现代徐燕孙《蜀汉三杰》。

讨论：像他这样的品格、行为，到底是忠还是义？若说是忠，他忠的是什么？是刘备这一个人吗？似不尽然。他所忠的，实际是那桃园结义的“义”。

这样说妥与不妥？还应怎么看问题？这才是我在这里讲《三国演义》，希望引导听众一起来交流的本义。但不管如何，忠和义两者是紧紧地连在一起、难以分割的。这样由《三国演义》一下子就引到了《水浒传》。不待烦言，人人皆知《水浒传》讲的是一个“义”字。梁山泊上聚会之处就叫聚义厅，可见这个“义”代表了梁山好汉的精神命脉。梁山泊聚义并没有自己的政治纲领，他们的口号是扫除奸臣，而不触及皇帝；如果他们真的代替宋朝得了天下，他们主张的仍然是君正臣良，为臣的要忠于为君的。所以说历代王朝换张换李仍然换汤不换药，换表不换里。这样看来，我们看《水浒传》不要发生错觉，以为像宋江这一伙人的反抗，其意义带有根本性的改变。也就是说今天评价《水浒传》的真正重点，还是要放在人才的大问题上。

《水浒传》不像《三国演义》那样有正史《三国志》为蓝本，《水浒传》的所谓素材只有《宣和遗事》中的一段话，说北宋末期，有宋江等三十六人占据山林……那么到了我们所看到的《水浒传》里却由三十六人扩展到一百零八个英雄好汉，这么多的人物角色都从哪儿来呢？可知非出正史，皆由民众智慧创造。十分清楚，他们喜爱、钦佩、敬重，而又怜惜这些英雄人物。因为什么？就是这些人本来都是国家的上等人才，却得不到起用，反一个一个都被奸臣迫害，最后家亡人散，惨痛无比。所以有人说《水浒传》是一部冤书、一部愤书，我们从人才的命运这个大问题来看《水浒传》就找

>>> 不待烦言，人人皆知《水浒传》讲的是一个“义”字。梁山泊上聚会之处就叫聚义厅，可见这个“义”代表了梁山好汉的精神命脉。图为清代桃花坞年画《忠义堂》。

忠
拼命三郎
石秀
鼓上蚤
時遷
花和尚
魯智深
金錢豹子
湯隆
母夜叉
孫二娘
菜園子
張青
大刀關勝
豹子頭
林冲

到了入门之处。《水浒传》中宋江等人尽管对帝王政治的认识并不深刻，但作者写出了他们的悲剧性命运，终究赢得了一部空前伟大的长篇小说的称号，这是我们讲《水浒传》，首先不能忘记或模糊的根本问题。

由于《水浒传》的一百零八将是由三十六个人而演变来的，这么多人是一个一个地凑起来的，从文学结构来论，它是零散而没有严密组织的，这是一个缺点。如果看到后来的《西游记》《红楼梦》，就越能感受到《水浒传》的这一缺点。再说一百零八将的首领宋江，这个人物实在并不高明。他原本是一个县衙里舞文弄墨的书吏，找了一个小老婆，名叫阎婆惜。阎氏“不守妇道”，交结了一个“三郎”，名张文远。后来宋江私下里与梁山结交，为阎氏发现，便要挟允许她改嫁张文远，宋江一怒之下杀了阎婆惜，因此充军到了江州……

《水浒传》一部大书竟由这样一个人领头，平心静气地评论一番，他的精神境界是十分高明的吗？尽管宋江（别号及时雨）受尽了江湖上相识与不相识的一切英雄好汉的崇拜，这究竟有多大的历史真实性，有没有夸张粉饰呢？

我把这些问题提出来供大家思考。

因在节目中没有足够的时间，在这里补记几句，但也十分简略，就请大家原谅，作为一种初步的启发、引导吧！

>>> 一百零八将的首领宋江实在不高明。他原本是一个县衙里舞文弄墨的书吏，找了一个小老婆，名叫阎婆惜。宋江私下里与梁山结交，为阎氏发现，便要挟允许她改嫁，宋江一怒之下杀了阎婆惜，因此充军到了江州……图为现代关良《宋江与阎婆惜》。

第三讲

从《三国演义》到《水浒传》

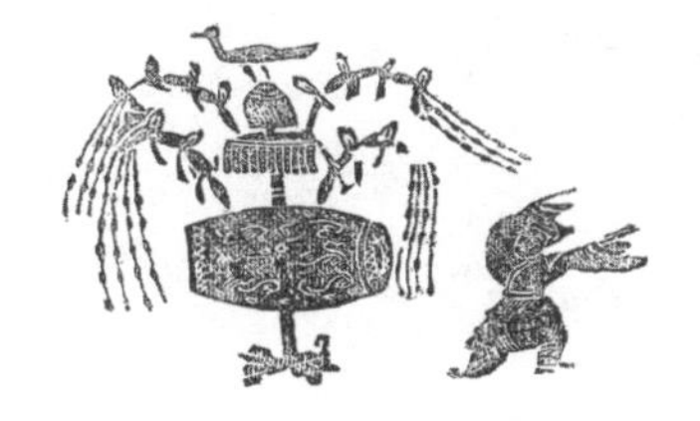

诸位朋友，咱们继续再说几句！

我讲得并不好，总之一句话，请诸位多多谅解！“四大小说”，我们刚刚接触《三国演义》和《水浒传》，它们的关系从开始就很密切，大概到了明代的后期，这两部小说已经合刻在一起，好像叫《忠义英雄传》，大概就是这个。这个事情，从一个方面说明了老百姓是比较喜欢这两部书的。鲁迅先生说过“惟细民所嗜，则仍在《三国》《水浒》”，这个“细民”，就是指一般市井百姓。

下面，咱们对照着，再讲一讲这两部小说。

第一节

从语言说到其他

读《三国演义》的文字和《水浒传》的文字，你们的感受如何？有同吗？有异吗？不同又在哪里？

《三国演义》有一个我不喜欢的地方，就是它跟正史官书拉得太近。大家说，作为小说读起来，能有趣味吗？读文学作品，用老话讲，是消闲解闷，不是真正为了获得历史知识。当然，一般读者确实是通过《三国演义》来获得历史知识的，这也是事实，他不可能去读《三国志》，但最主要的还是文学艺术上的享受，里面有情有味。《三国演义》的语言太“文”。

我赞成白话还是赞成文言呢？我当学生的时候，就跟胡适先生争论，他把我们中华语文的白话和文言分得太严格了，这有毛病。白话和文言之间并没有一道鸿沟隔着，不可能一刀两断。胡适先生提倡白话文学，把“四大名著”都放入白话文学里，可《红楼梦》开头正文第一句，大家听听是什么：“列位看官，你道此书从何而来？说起根由虽近荒唐，细谙则深有趣味……”这叫白话吗？说这叫文言，它跟先秦诸子、唐宋八大家又有不同。所以我们要对中华

>> > 胡适先生提倡白话文学，把“四大名著”都放入白话文学里，可《红楼梦》开头正文第一句，叫白话吗？图为胡适像。

民族的语文有很好的、深刻的、崭新的认识，千万不要盲从过去那些名家下的定论。

《三国演义》里的“文”是从史书里抄来的。京剧里边有名的《群英会》——那是《三国演义》里最精彩的一幕吧。曹操派了蒋干到东吴那边，实际上是做间谍，要起某种联合作用，一同来反对刘备。蒋干又怎样呢？历史人物当然不是那么糟糕，到了京剧里边，名丑萧长华演的那个蒋干可笑、可怜极了，在周瑜那里简直成了一个玩物。蒋干跟周瑜是老同窗，刚一见面，看看那几句道白……我在这里只是观其大略，并不是真演京戏。

周瑜远远地招呼：“子翼兄。”蒋干，字子翼。

蒋干就回答：“公瑾别来无恙啊？”公瑾是周瑜的字，无恙就是平安无事，这是问候语。这两句是寒暄、礼貌话，招呼招呼，底下第三句就单刀直入。

周公瑾说：“子翼良苦！”良苦，良好的“良”，辛苦的“苦”。“子翼良苦！远涉江湖而来，敢是与曹操作说客么？”你受了这么多的辛苦，远涉江湖来到我们东吴，是不是给曹操做说客来了？说客是干什么的？就是用三寸不烂之舌，让别人采纳他的计谋。

看看周公瑾这个厉害，这个少年儒将绝不留情。

蒋干被吓得直哆嗦，“久别足下，特来叙旧”。足下是称呼朋友的，尊称。我久别足下，特来叙旧，叙叙我们的老交情。“久别足下，特来叙旧，奈何疑我与曹氏作说客耳？”我是特地来跟你叙老交情的，你怎么疑心我是给曹操做说客呢？

周瑜一听，从鼻孔里大发一笑，我虽不及师旷之聪——师旷是古代的大音乐家，我虽然赶不上他的聪明。“闻弦歌而知雅意”，

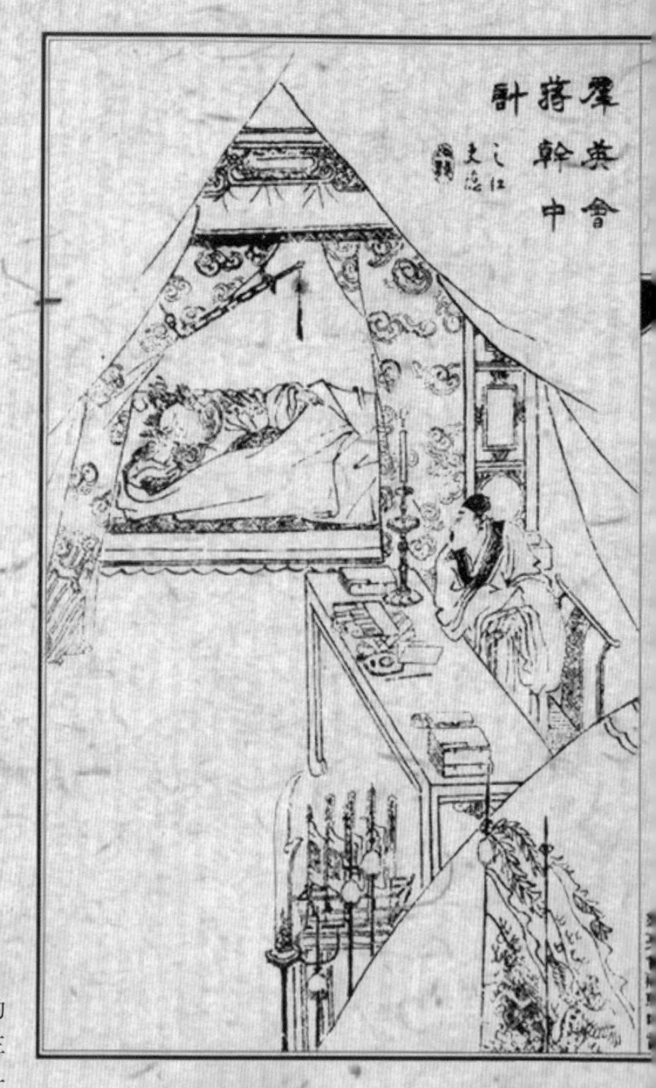

>>> 京剧里边有名的《群英会》——那是《三国演义》里最精彩的一幕。图为雨衡堂版《三国演义》插图。

听听你那个话音，我就懂了，你用不着说。

蒋干一看，毫无办法："足下待故人如此，我便告辞。"你这么对待老朋友，我告辞了。

周瑜说："兄既无此心，何必速去。"你既然没有这个心，何必马上走呢？

蒋干说："贤弟疑心太大呀！"

周瑜说："弟乃戏言耳！"我这是开玩笑啊。

这几句话针锋相对，那个钩心斗角，这是谈话吗？这是老朋友叙旧吗？这是用嘴作战，《三国演义》写的就是这个。而用的那个文辞我刚才已经说了，大家听听，那叫白话还是文言？哪儿来的？都是从史书里抄来的。

《水浒传》的语言表现方式，一看就跟《三国演义》完全不一样。我有这么一个大胆的判断，这样子的语言，绝对不是宋代以后的人所能追记，或者模仿、想象的。这是实在不可能的。我们下了那么大的、坚实的功夫证明，几乎没有一字一句不是来自宋代。《水浒传》是北宋以后，大概从南宋过了江，到了杭州那边就已经开始撰作，后来一步一步地成书，我认为成书年代不可能晚于元代。明代人作小说，语言跟这个完全不一样。我这个判断对不对呢？另当别论。

我先说既然有了这个感想，判断事物就不应离开历史。这是什么意思呢？南宋人一直到了元代，宋朝的遗民、遗老怀念故国，宋朝是怎么糟糕下去的？那么多好人被宋朝廷的奸臣陷害了，最后他们还是为国家献忠，这是宋朝末年到元朝的老宋民的一种爱国心情。这一点如果给埋没了，我认为就脱离了历史。如果从七十回那

>> >《水浒传》的语言表现方式，一看就跟《三国演义》完全不一样。这样子的语言，绝对不是宋朝以后的人所能追记，或者模仿、想象的。这是实在不可能的。图为施耐庵画像。

里一腰斩，聚义厅排座次，到底是怎么了呢？那也没成功啊！要是把宋朝皇帝赶跑，做了有道明君，天下太平，那也算一回事啊，这样不成文章。既然是研究文学艺术，不能脱离历史，我做的学问里边很多是历史方面的工作，包括《红楼梦》考证。我考虑、体会《水浒传》的原始作者，是一个爱国的人，宁可让宋江担上一个投降分子的恶名，也应该让他为国效力。

我这个观点可能是错误的，供大家参考。

第二节

“老不看三国，少不读水浒”

有人总结了一下，说《三国演义》的精神不是说故事，也不是从我说的“才”这方面来着想。他说，如果用一个字来概括《三国演义》的精神，是“忠”。大家听那个京剧《空城计》，孔明诸葛亮唱的头一句是什么？“两国交锋龙虎斗，各为其主统貔貅。”三方面的文武人才是各为其主。他们有个主，这说得很分明。所以这是一个“忠”，要忠于本人的主，还不是说天下，如果天下统一了，他也要忠于这个主。《水浒传》呢？最标榜的是“义”——江湖上的义气，除此之外，他们没有别的纽带。有人批判这个“义”，说它不好，没有原则。比如说某某听过宋江的大名，但他到底是什么人、什么心、什么性情，都不知道，见了面，纳头便拜宋三爷，这就是江湖义气。

古代的一个“忠”，一个“义”，我们今天应该怎么看？这是一个问题。我们读小说时，要经常唤起自己的思想活动，要看看人家的高论，也要有自个儿的主见，这是我们的目标。

有两句老话，我上回没有提到——“老不看三国，少不读水

>> > 有人说，《水浒传》最标榜的“义”——江湖上的义气，除此之外，他们没有别的纽带。图为清代任薰所作《水浒传》人物画像。

城計
孔明
西城

>>>《三国演义》里边完全是钩心斗角，处处是机诈，没有感情，再看这个，那还了得！图为杨柳青年画《空城计》。

浒”。你们看，这两句话就把《三国演义》和《水浒传》勾连在一起，所以我们民间的谚语，每一句都那么通俗，却对于历史，对于万物、人间万象有很深刻的评论、领会、理解，千万不要轻视。为什么“老不看三国”？我说几句对老人不太恭敬的话，在座的，如果有年纪大一点的，请不要误会，我先说我自个儿。

“老不看三国”什么意思？人老了，经历的事情多，比较世故，他就猾、就奸，他看事情看得深一步；看人——好人、坏人，得留点神，对人有点机巧，不能太天真。往好的说，是有处世经验；说得难听一点，老奸巨猾，又奸又猾。所以为什么说“老不看三国”呢？他本来就奸猾了，《三国演义》里边完全是钩心斗角，处处是机诈，没有感情，再看这个，那还了得！这么说起来像是笑话，诸位大概能领会其中的道理。我从小不太喜欢《三国演义》，原因就在于此。我自个儿觉得不是那号人，不知道怎么个奸法、猾法。我一辈子不会下棋，大家是不是笑话我？一个棋子儿下去，有好几种作用，我没有这种机智。

“少不读水浒”什么意思？旧社会上年纪的、有经验的人教训下一代，说你别看《水浒传》，为什么？你看了《水浒传》，心气不平，就有气、有愤，对社会有看法就要造反，说得明明白白这不好办。专制君主时代最害怕“造反”这两个字，所以劝少年不要看，看了《水浒传》，思想里边要起波动。

说到这儿，这两部最有名的小说，合在一起叫《忠义英雄传》——我们的古人就是把它们从英雄的角度结合在一起的。

第三节

《三国演义》《水浒传》的遗憾

《三国演义》的不足，上回我略微触及了一点，就是说它把三方面的文武人才都悬空了，没有其他的基础，好像跟社会、民众毫无关系。再者，《三国演义》里写军事是个重点，专门写机智、机诈，写几方面的钩心斗角。比如曾经举的例子，周瑜明明知道蒋干是来干什么，他们两个就是在斗智，看看那几句交谈，每个人的心计都使出来了，那么巧妙。怎么回答，怎么应对，《三国演义》这方面的功夫下得最好，也精彩。但是除了这个，这部书读起来，没有什么感情。感情是文学艺术的灵魂，不管写什么事、什么人，如果当中缺少了感情，那个事情、那个人再打动我们，打动的仍然是表层，而不是我们的真心。

当然，《三国演义》也有个别地方，感情是写得比较好的。我最忘不了的就是到了后来，诸葛孔明六出祁山都不成功，最后在秋风里坐着四轮小车到了五丈原，冷气刺骨，他知道自己身体不行了。写得特别凄凉，带有诗的境界。这段描写打动了我，为什么？因为里边包含了个人的内心活动，有感情。

>>> 诸葛亮六出祁山都不成功，最后在秋风里坐着四轮小车到了五丈原，冷气刺骨，他知道自己身体不行了。写得特别凄凉，带有诗的境界。

《三国演义》的问题就是基本不写内心活动。对于这部小说，我只能说尊重它的历史渊源和作用，至于说我怎么欣赏它，就要大打折扣了。

《水浒传》跟《三国演义》相反，里面的人物有内心活动，能唤起人的感情。如果要问，《水浒传》的短处何在呢？我愿意大胆地说，《水浒传》的描写还是比较粗，能粗不能细，细不起来。好的艺术应该是要大能大、要小能小。大，大得特别精彩、惊人；小，小得特别让人动心，因为它写感情。《水浒传》比《三国演义》强多了，人物的性情、品格、心田、用意，都可以有所体会，这比《三国演义》进了一大步，但可惜好比蜻蜓点水，那么一“点”就完了，深不下去。

尤其是对于绿林英雄，看得太粗，简直可以说这是一种偏见。不能因为他们落草于绿林，不能因为他们拿枪动斧、武艺出众，就没有内心感情。错了，这样的人可能内心活动更丰富。

还有，就是上回说到写坏女人，写潘巧云、潘金莲，同样没有什么内心活动。潘金莲在那个情况之下，如果是今天的人来写，对她的内心活动、精神活动，可能不一定是大篇大论，但起码有几笔点染，这样读者才感觉人物真实、生动，而不只是一个人名字——潘金莲就是潘金莲，就是个没贞操的坏女人。

古典小说的缺点往往就在这儿。

>>>《水浒传》人物的性情、品格、心田、用意，读者都可以有所体会，但可惜好比蜻蜓点水，那么一“点”就完了，深不下去。图为当代杨俊生《水浒一百零八将》。

宋江
武松
燕青
林冲

第四讲

《西游记》的“真”

今天又看到这么多来听讲的朋友，真是既感谢又惭愧。前几次讲得并不满意，今天讲得如何就更不敢保，因为这个题目——中国古典“四大小说”，让我这个才学浅薄的人，在有限的时间里头去把握，不是很容易的事。我们是漫谈的性质，既非讲故事，也非讲学术，这一点我必须说明。今天肯定还有新来的朋友，我仍然说这么几句话，就是我在这里讲“四大小说”，是为了能够唤起大家的一些思考、感想乃至疑问，领会有关我们中华文化的一系列问题。

好了，下面我要讲《西游记》。

《西游记》的作者是不是吴承恩？不一定，关于《西游记》，过去的说法弄混乱了。金代有一个道教的教主叫丘处机——长春真人，他作了一部《西游记》，人家那是真正地讲道教的事情，恰好名字相合了，于是乎把《西游记》的作者给了丘真人。这个完全是误会，大家早都辨明了，我不再多说。

后来，又把吴承恩附会上。吴承恩的文集里面，列了一个书目叫《西游记》，这个《西游记》是否就是这个小说，无法证明。古人喜欢游览天下，比如徐霞客，游览天下名山大川，作了一部书，也可以叫什么游记——现在就叫《徐霞客游记》。吴承恩要在西部游了一回，作了个《西游记》，他又游了某个地方，叫别的什么游记，怎么能证明他是《西游记》

的作者？这还在悬着。

《西游记》是什么时候成书的呢？恐怕也包含着民间积累。我看过一幅照片，好像是元代河北南部磁州古窑烧的瓷枕，古代的枕头是硬的，像个元宝，瓷枕上都有画——上面就有唐僧取经的画面。可见在元代的时候，《西游记》的故事已经盛行。当然，元杂剧里面也有写《西游记》的故事，这个就不再说了。

总之，《西游记》在民间的流行，恐怕在很早的时候就开始了。

这些都是专题研究，我不多说。

第一节

历史上的“真”唐僧

《西游记》借着“唐僧取经”这个大主题，还是在写人才。唐僧在书中有什么光彩呢？他是个大傻瓜，真假不能辨，真正的妖怪和好神也不能辨。孙悟空忠心为他服务，解救他，他非但不明白，还念紧箍咒惩罚孙大圣。

大家喜欢这么一个人吗？我不喜欢。

话说回来，这是小说，历史上那个真实的玄奘法师可不得了。玄奘大师到西天——就是印度取经，十七年的艰苦经历，实实在在。他是私自出去的，可以说是“偷越国境”。因为当时的佛经、佛教讲得都不对，都是假的，他要去寻求真的，就凭着一番诚心，不顾一切，偷着到了西域那个大陆上，千辛万苦十七年，克服了语言不通等困难，终于取回六百多部真经。那个时候还不是今天的印度语，是古梵文，现在已经不流通了。

玄奘回来后，唐太宗非常重视，不但不惩罚他，而且佩服、敬重得不得了，还为他翻译的佛经作序，叫《大唐三藏圣教序》。那里面描写唐僧的经历，用了一些四六的句子，就是骈文，写得很

>>> 线刻的《玄奘取经图》，图中一个和尚，背着个好像藤编的大背篓，出国所需的一切用品，包括笔墨、纸张，都带上了。玄奘就这样出发了。

精彩。他怎么描写唐僧的经历呢？说是“乘危远迈，杖策孤征”。“乘危”，是危险的历程；“远迈”，走遥远的路；“杖策”，拄着一个禅杖；“孤征”，孤身一人，“征”就是上了旅程、征途。哪里来的孙悟空、猪八戒？下面还有几句。西安那里有线刻的《玄奘取经图》，图中一个和尚，背着个好像藤编的大背篓，出国所需的一切用品，我想包括笔墨、纸张，都带上了。玄奘就这样走了漫漫的路途，经过了虽然不是小说里面描写的火焰山什么的，大概也差不多，的确太苦了。但当然不会有白骨精、牛魔王什么的，这些是小说家用他们天才的智慧创造出来的。

故事看着很有趣，不过仅仅是为了看热闹吗？不，看人——人的精神。

一句话，我对《西游记》的理解就是求真、求诚。

唐太宗在《大唐三藏圣教序》里还说过一句话：“截伪续真，开兹后学。”唐僧不顾一切艰难辛苦，十七年受罪，在外面九死一生，回来为了什么呢？“截伪”，把原来流行的那个假佛教的说法，给它改正；“续真”，续上求来的佛家真经。他就是为了求真。再一个是诚，百折不回，我再艰难，再受不可言状的罪，也没有顾忌，一直坚持到回返中土。

玄奘总共带回了六百五十七部佛经，回国后就在唐太宗的敕请下主持译经之事。后来为了供奉从印度带回的佛舍利和经书，玄奘上表请求造塔，于是留下了西安的大雁塔这样一个古迹。

这样伟大的人物，我们要汲取他求真、求诚的精神营养。

>>> 玄奘就这样走了漫漫的路途，经过了虽然不是小说里面描写的火焰山什么的，大概也差不多，的确太苦了。但当然不会有白骨精、牛魔王什么的，这些是小说家用他们天才的智慧创造出来的。据考证，这幅《搜山图》对《西游记》的创作起了启发作用。图为宋代苏汉臣（款）《搜山图》（局部）。

第二节

《西游记》《红楼梦》的相通

孙悟空那个人才，他的特点何在？

这就连上了《红楼梦》。大家听我这个话可能觉得奇怪，孙悟空怎么跟《红楼梦》有关？这个人才，是人，也是妖——“妖”是不好听的话，但是我说这个没有恶意，他本来不是个真正的人，说得难听点他是个动物、是个兽类，但是这个猿猴跟人比较接近，这是生物学的常识。他本身拥有正气，就是肯帮助唐僧经历七十二个不可言状的困难，一路前行，百折不回，受罪、受冤屈也不计较。有时候生气了、跑了，我不跟你了，但是后来还是回来，他有感情。

孙悟空有半个人性、半个妖性，正是正邪二者的组合。

明白了这一点，我们马上就可以联想到《红楼梦》。

《红楼梦》开卷怎么说的？假借贾雨村和冷子兴的对话，说荣国府生了个孩子，真是太奇怪了，说的话，那性情，简直是太糟糕了，政老爷从小不太喜欢他。贾雨村是个反面人物，但在这一点上真是了不起，他罕然厉色，说道：非也，你们不懂，这个孩子大

>>> 孙悟空有半个人性、半个妖性，正是正邪二者的组合。图选自清代佚名《彩绘全本西游记》。

有来历。他讲了一条大道理——天地生人，正气和邪气遇见以后，怎么的、怎么的……生成的这种人，聪明灵秀，在万万人之上；偏僻乖张，在万万人之下。他有特别的脾气，有坏毛病，但是我们要讲人才，要认识他出人的才干，天下没有多少这样的人。假借小说里面的说法，这种人有正的一面，有邪的一面，二者组合，反而激发了超出常人的那个规格、水平。那种天才的表现，实在是了不起的。

孙悟空是这样，贾宝玉是这样，它们的联系就在这儿。

还有联系吗？有。

孙悟空是怎么出世的？花果山上有块大仙石，九窍八孔，从开天辟地以来，感日精月华，受天真地秀，某日产下一石卵，见风化出一个石猴——就是孙悟空。

贾宝玉是什么“化”的？女娲炼石补天，剩下一块没用，弃在大荒山青埂峰下；则日夜悲号惭愧，后为一僧一道携去投胎下世，转化为人。这还不是联系？还有比这个更重要的联系呢。再看，《红楼梦》里贾宝玉降生之后，他的处境、家庭、生活、条件、享受，如果知道曹雪芹写的真正的《红楼梦》，不是后四十回那样的话，就可以明白，这个经历，大概它的精气神——不是说现象，也不是说那故事，实际上有和《西游记》相通的地方。

贾宝玉本身有很多小孩的毛病，但是他有那个精气神，他以真情待人，不管回报，也不管人家懂了没懂——可能引起女孩的误会，这还不是真吗？这还不是诚吗？

读《红楼梦》《西游记》，抓到了这一点，就会发现它们的相通之处不是现象，不是表面的相通，而是内涵的、精神上的、道德上的、对人生社会理解上的相通，说一句总括的话，就是对中华文化有个基本理解。

我们到底重视什么、反对什么，需要说清！

社会万象，复杂纷纭，种种的好人、好事，种种的坏人、坏事，说清楚并非易事。人和人之间需要真情，贾宝玉就是呼唤这个。所以贾宝玉最讨厌的是峨冠华服，“峨冠”就是高冠。当时富贵之家，在屋里有一套家常的衣服，出了本房见长辈时得现换衣服，出大门去见别人更不得了，又是一种衣服。贾宝玉最反对戴着高帽子，穿着那种衣服到亲友家里贺喜、吊丧——那个假礼，他简直受不了。哭也是假的，不知你们有没有听过旧社会那个吊孝，今天几乎不存在了，特别是在北京，没有那些事了，外地一些小地方可能还有遗迹。男的要怎么哭，女的要怎么哭，女的哭像唱一样，别人还得要听。

贾宝玉说这些都是假的，是演戏、装样子。他说要真哀悼这个人，就是一个炉、一支香，旁边只是斟上一碗白水，也是供。

>>> 贾宝玉是什么“化”的？女娲炼石补天，剩下一块没用，弃在大荒山青埂峰下；则日夜悲号惭愧，后为一僧一道携去投胎下世，转化为人。图选自清代孙温《全本红楼梦图》。

第三节

“金箍棒”的前世今生

《西游记》真正的主角，孙悟空是一个。

用今天的话说，孙悟空是个不守规矩的叛逆人物。大家都知道他大闹天宫，把玉皇大帝那里搅了个乱七八糟；又到东海老龙王那里，把龙王搅得也是坐卧不宁。他干吗呢？要兵器。老龙王给他拿出一百样兵器，他说这不行，重要的是最后看到了定海神针。这个定海神针就是后来的金箍棒。孙悟空本领非凡，出神入化，但是倘若他一旦丢失了金箍棒，任凭他有天大本领，也难免赤手空拳之忧，只落得垂头叹气。所以，早先就留下一句俗话：猢狲没棒弄——立时威风顿减，活画出他那嗒然若丧的、没奈何的神态。可见这支棒的关系，非同小可——西天路上，七十二难，妖魔鬼怪，哪一个不是见棒心惊、闻风丧胆？后来孙悟空见到哪位神仙，我记不清了，好像是有两句对话，说是孙大圣，你怎么前倨后恭？刚才那么神气，现在为什么这么低声下气？孙悟空怎么答的？我老孙没有棒了，我的棒给丢了。看看这个棒重要不重要！

自古英雄，都有自己爱使的一件兵器，得心应手，所向无前。

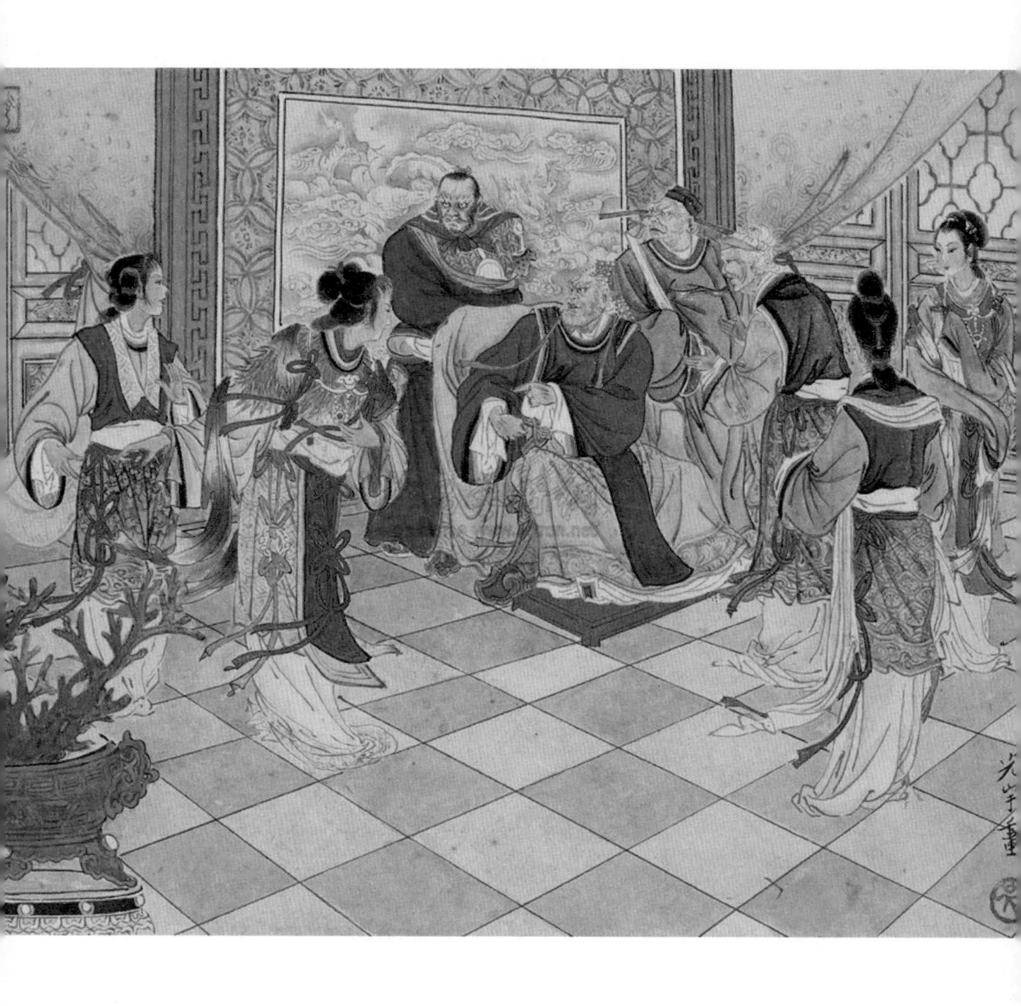

>>> 孙悟空把玉皇大帝那里搅了个乱七八糟，又把东海老龙王搅得也是坐卧不宁。他干吗呢？要兵器。他最后看到了定海神针，这个定海神针就是后来的金箍棒。图为现代吴光宇《大闹龙宫》。

关云长的刀、李逵的斧……哪里数得尽！但是孙大圣，却单单选取了一根“金箍”之棒，端的是何缘故？它的形制到底是什么样子，是像今日戏台上镀镍的金光闪闪的圆棍儿一条？它果真是东海龙宫中的“定海神针”吗？这个棒究竟是什么呢？所谓金箍棒——金就是黄金、金属，金、银、铜、铁、锡的“金”；箍就是头上有一个箍，紧箍咒的“箍”。我有疑问了，那么厉害的一个棒还得靠一个箍，这个棒还结实吗？我读《西游记》的疑问从这儿开始。定海神针在海里的时候并没有金箍，带箍的玩意都是不坚固的，对吗？这是常识。我曾作一文章考证这个事情，金箍棒原本是“荆觚棒”，后来但记其音，不知其字了，于是附会出“金箍”来。“金”应该是荆，是一种荆条，比藤还结实的一种，上面原是一个竹字头，不是草，这个东西最坚最硬。“箍”应该是觚，左边一个角，右边一个瓜，觚楞，就是棱角。中华最古的一种兵器，是一根八角棒，就是用这种荆条子做成的，尖极了，这个东西叫殳，是中华兵器的老祖宗。后来，比如说丈八蛇矛、青龙偃月，都是荆上面安上个头，也是殳演变来的。为什么这个东西能够降妖捉怪呢？它是哪儿来的？跟桃木有关。桃木是辟邪的，这是我们中国人民间最起码的知识。过年贴对子，就是春联，春联的原型不是纸写的，而是木头的，是两根桃木棒，挂在大门左右。桃木棒就是古代的殳，就是荆觚棒。觚，觚楞，八角，不是圆的。荆觚棒在民间一传说，讹了音，才变成了“金箍”。

我那篇文章做考证引用了很多古书，辩证了许多不对的说法，但问题不仅仅在这儿，它还跟《红楼梦》有联系。贾宝玉的通灵宝玉上刻着：一除邪祟……诸位，说到这儿，大家可能就明白了。

>>> 孙大圣却单单选取了一根“金箍”之棒，端的是何缘故？它的形制到底是什么样子，是像今日戏台上镀镍的金光闪闪的圆棍儿一条？它果真是东海龙宫中的“定海神针”吗？这个棒究竟是什么呢？图选自清代佚名《彩绘全本西游记》。

>> > 贾宝玉的通灵宝玉和孙悟空的金箍棒是一个老祖宗分下来的，大小不同，作用一致——辟邪。图为皮影戏中孙悟空手拿金箍棒，走在取经路的最前面。

贾宝玉的通灵宝玉和孙悟空的金箍棒是一个老祖宗分下来的，大小不同，作用一致——辟邪。

有趣极了。

这种小玉棒，古代有专门名称。我买到过一种类似的，是汉代传下来的，上面也刻着字。

这属于我们的民俗学问，中华民族民间的风俗习惯，里面包含着深厚的文化内涵。比如说五月端午节，那是古代搞大规模卫生运动的日子。第一次洗澡，悬艾人，葫芦里装着避虫子的药——雄黄，还有雄黄荷包、雄黄酒，都是为了消毒、辟邪。

小说里面离不开民俗，我们重视、欣赏、钦佩、忘不了这“四大名著”，原因复杂得很，但可以归结一句话——诸位一定要加强对我们中华民族基本的理念、知识、道德、观念的了解。然后再读这“四大名著”，就会左右逢源，会更加明白它们的文化内涵。

讲后小记

我们的主题是中国古典“四大小说”，我在接受记者的采访时说过，“四大小说”分着看各有其独立性，联系起来却构成了一个有趣的系列。分着看，按中国小说史的分类而言，正好是四大类的代表。这四类的名称第一是讲史，第二是杆棒，第三是神魔，第四是胭粉。《三国演义》是讲史的真正代表；而《水浒传》貌似讲史，其实已然转入杆棒类中去了。我们现在讲的《西游记》像是在讲史，又有武艺战斗，从这两点看，它和《三国演义》《水浒传》仍然在暗中有其脉络勾连。然而，从实质来讲，它又与前两者不同，是一部前所未有的神魔小说。由这一点来看，“四大小说”的相互关联确实有中国小说史发展流变的内在含义。

《西游记》故事起自何时呢？恐怕在玄奘法师回国以后，就开始创作流传了。

最早的《西游记》“文本”是谁写的呢？说来非同小可，乃是大英雄、皇帝——唐太宗李世民。这是怎么回事？原来那时是不许可僧人私自越境出行的。因此，玄奘是未经许可偷赴“西天”的。十七年以后，获得了真经六百余部，这才惊动了皇家。玄奘大

>>>《西游记》像是在讲史，又有武艺战斗，从这两点看，它和《三国演义》《水浒传》仍然在暗中有其脉络勾连。然而，从实质来讲，它又与前两者不同，是一部前所未有的神魔小说。图为吴承恩与他笔下的《西游记》人物。

法师住在长安的白马寺，翻译这一批珍贵的真正的佛法经典，竟然获得了唐太宗的最高赞扬，为他所译的佛经作了一篇总序，题曰《大唐三藏圣教序》。在这篇序中有一段话，专叙玄奘往求真经的历程，让我引来大家一同欣赏：

> （先说的是当时佛经流派有真有假，已然纷纭争议，于是）翘心净土，往游西域；乘危远迈，杖策孤征。积雪晨飞，途闲失地；惊沙夕起，空外迷天。万里山川，拨烟霞而进影；百重寒暑，蹑霜雨而前踪。

这一段描写概括了一切千辛万苦，也包括了种种危险和意外遭逢。但我们今天看来，这里并没有像小说中所写的那种奇奇怪怪、神鬼精灵、七十二灾难的故事，如果从上面所引的这段原文再看看以下几句，就有“双林八水，味道餐风；鹿苑鹫峰，瞻奇仰异”。那么也可以说，这末后的八个字就暗示了许许多多不寻常的有些怪异的经过吧。

我是说透过唐太宗这样的文学手法，而可以悟到唐太宗时代上上下下、朝廷百官、民间百姓已然在那里热烈地讲说西游故事了。除了这一点，我要说的是唐太宗在这儿提出了最重要的几句话，他说玄奘西游的目的究竟何在？那是为了“分条析理，广彼前闻；截伪续真，开兹后学”。这样经过了十七年的艰苦历程，回归中土，完成了无可比拟的崇高心愿。所以唐太宗给他做了公正的评价：“诚重劳轻，求深愿达。”他是说十七年的艰难困苦虽然非比寻常，若与他虔诚的精神力量相比，那反而微不足道了。

唐太宗在这里提出了一个最重要的标准：诚！因此我们今天来

>>《西游记》整部书中，它所教示于人们的是人世间万物、万事都有真有假，如果不知、不能严辨，就会毁灭了一切重大和伟大的事业。图选自清代佚名《彩绘全本西游记》。

>>> 唐太宗为玄奘所译的佛经作了一篇总序，题曰《大唐三藏圣教序》。在这序中有一段话，专叙玄奘往求真经的历程。图为唐代阎立本《步辇图》(局部)。

读《西游记》这部小说，除了欣赏和评论唐僧、悟空、八戒等人物的特点以外，也会感到取经路上七十二难各有不同，惊叹小说作者丰富而奇丽的想象力。在文学艺术审美享受以外，最重要的一点，我们确实从小说的整个表现中获得了唐太宗所提出的那个“诚”的巨大精神力量。

最后我还要再提醒一句，《西游记》整部书中，它所教示于我们的是人世间万物、万事都有真有假；如果不知、不能严辨，就会毁灭了一切重大和伟大的事业。

第五讲

《红楼梦》中“情”

朋友们，咱们再闲谈一下！

我和你们要说真心话，前几次如果有听讲的就明白，我对《三国演义》和《水浒传》确实下过一番相当深切的功夫，并不是浮光掠影地仅仅读了一遍的问题。

《红楼梦》呢，大家都知道，我是专门研究《红楼梦》的。当中我最不能够和诸位说假话的，还是《西游记》，多少年以前读过，后来就没有机会再去细细地翻阅。所以我们这几讲，可能《西游记》是一个弱的环节，这是事实，没有什么可隐瞒的，可以直截了当地和大家说清楚。

好，下面我们讲《红楼梦》。

第一节

《红楼梦》解

《红楼梦》本来不叫《红楼梦》，只叫《石头记》。

《红楼梦》，原只是小说第五回中一套曲子的名称。当宝玉初会警幻时，警幻就告诉他：“此离吾境不远，别无他物，仅有自采仙茗一盏，亲酿美酒一瓮，素练魔舞歌姬数人，新填《红楼梦》仙曲十二支，试随吾一游否？”及至宝玉享用了“千红一窟”“万艳同杯”之后，十二个舞女乃上来请问演何词曲，警幻吩咐：“就将新制的《红楼梦》十二支演上来。”随后又命小鬟取了“《红楼梦》的原稿”来，以便宝玉照词听曲。——这套曲子的第一支，就叫《红楼梦引子》，有云：

> 趁着这奈何天、伤怀日、寂寥时，试遣愚衷。因此上，演出这怀金悼玉的《红楼梦》。

因此，这回的回目就是“开生面梦演红楼梦，立新场情传幻境情”；又作“游幻境指迷十二钗，饮仙醪曲演红楼梦”。

这意思，十分清楚。

>> >《红楼梦》十二支曲，概括了十二钗的身世经历——这一点也十分明显，因此若把它移借为全书的一个总名，当然也还凑合，但是已将全书的广阔面大大地缩小了。图为工艺品《红楼梦十二金钗》。

《红楼梦》十二支曲——实际连开头的引子带最末的收尾，共十四支，概括了十二钗的身世经历——这一点也十分明显，因此若把它移借为全书的一个总名，当然也还凑合，但是已将全书的广阔面大大地缩小了。但是不久就有人正式提出这个办法来：甲戌本第一回正文明言“空空道人……改《石头记》为《情僧录》；至吴玉峰，题曰《红楼梦》”。而同书卷首凡例第一条亦标为“红楼梦旨义”，说“《红楼梦》，是总其全部之名也”——虽然如此，这条“旨义”末后也还是说：“至‘红楼梦’一回中，亦曾翻出金陵十二钗之簿籍……”仍旧把“红楼梦”用为那一回的专名，未离本义。

俞平伯先生主张：《红楼梦》是“大名”，《石头记》是“小名”，“曹雪芹计划中的全书，从开头到结尾，每一个字都是《红楼梦》。如开头有‘题诗’‘缘起’或叫‘楔子’，结尾或者有‘馀文’‘跋识’，等等，都在这《红楼梦》大名的范围以内。《石头记》却不然。各本都有‘按那石上书云’一句……自此以下‘当日地陷东南……’云云，才是《石头记》的文字”。“《石头记》好比个小圈子，《红楼梦》好比个大圈子，小圈包括在大圈之内……”这些都是他在《影印脂砚斋重评石头记十六回》后记中提出的。我的意思正相反：《红楼梦》只是《石头记》中的情节，只能包在其内，绝不能说“石头”之“记”的始末、根由，却反过来被包在“‘红楼梦’一‘梦’”之中。

我们今天所能见到的曹雪芹著、脂砚斋评的小说旧抄本，毫无例外地都标名为《石头记》，直到近年在山西发现的一部“甲辰菊月（清乾隆四十九年九月）梦觉主人序本，才把全书题作《红楼

閱紅樓夢隨筆

閱紅樓夢隨筆

海昌黍谷居士周春著

紅樓夢記

乾隆庚戌秋楊畹耕語余云雁隅以重價購鈔本兩部一
為石頭記八十回一為紅樓夢一百廿回微有異同愛不
釋手監臨省試必携帶入闈閩中傳為佳話時始聞紅樓
夢之名而未得見也壬子冬知吳門坊間已開雕矣兹苕
估以新刻本來方閱其全相傳此書為納蘭太傅而作余
細觀之乃知非納蘭太傅而序金陵張侯家事也憶少時
見爵秩便覽江寧有一等侯張謙上元縣人癸亥甲子間

拜經樓鈔本

>>> 清乾隆五十九年（1794）周春作《阅红楼梦随笔》，又说明在乾隆五十五年（1790），他的朋友买到两部抄本：一部八十回，名叫《石头记》；一部一百二十回，名叫《红楼梦》。图为清代周春《阅红楼梦随笔》刻本的手迹。

賈雨村中進士返家
迴避
進士

>> > 作为专门要用“假语村言”来写的小说，取上“红楼梦”这样一个文绉绉的名字，细品起来，就越品越觉得不甚对头，因为它们并不“合套”；倒是“石头记”三个字，显得平实、谐调，和通俗小说的体例更能配合得好。图为青松山樵《贾雨村中进士返家》。

梦》——这本子的文字已开始接近程本。清乾隆五十九年（1794）周春作《阅红楼梦随笔》，又说明在乾隆五十五年（1790），他的朋友买到两部抄本：一部八十回，名叫《石头记》；一部一百二十回，名叫《红楼梦》。可见彼时程刊"全"本尚未印行，已然先以抄本的形式流传了，而且正式采用《红楼梦》一名。自从程本出来，"红楼梦"三字遂全取"石头记"而代之。

不过，新中国成立后商务印书馆的重印本，仍用《石头记》一名，这在《红楼梦》版本史上是应该提起的。

就《红楼梦》和《石头记》两名的名字本身来说，那"意味"和"气味"上的分别也是很大的。前者，毕竟是"文绉绉"得多。作为专门要用"假语村言"来写的小说，取上这般一个文绉绉的名字，细品起来，就越品越觉得不甚对头，因为它们并不"合套"；倒是"石头记"三个字，显得平实、谐调，和通俗小说的体例更能配合得好。当日脂砚斋和曹雪芹两人最后决定，正式定名仍用《石头记》，完全有其道理和意义。

既然如此，那么为何后来还是《红楼梦》一名占得上风，几乎取《石头记》而代之呢？这就要追溯此书最初出世时的流传情况，并由此来看问题。鲁迅先生见解极是，他说：

> 明季以来，世目《三国》《水浒》《西游》《金瓶梅》为"四大奇书"，居说部上首，比清乾隆中，《红楼梦》盛行，遂夺《三国》之席，而尤见称于文人。惟细民所嗜，则仍在《三国》《水浒》。

这话对极了。《红楼梦》得以在细民之间流行，首要是靠曲艺的“段子活”的宣传、媒介的作用；那时细民的一切条件，想直接接触这部小说，还十分困难，所以实际上《石头记》初期确是“掌握”在一班文人的手里。而文人的习气，我们是不生疏的，他们就是重“雅”轻“俗”，以为《红楼梦》总比《石头记》要“雅”得多，于是取前者而舍后者，这是非常自然的事情。梦觉主人序本和程本之所以定名为《红楼梦》并由此而沿袭下来，没有别的，就是由于这一点原因而已。

可惜他们是不能了解脂、芹二人的用意的。“红楼梦”三字作为书中一套散曲的名称，完全好，无可褒贬，而移作一部通俗小说的名字，就不那么值得赞美了。

第二节

从哪里切入《红楼梦》

一

第一个切入点，首先是“一个大脉络”。我这个人喜欢“胆大妄为”，既然出了这个题目，就我的理解，很粗略地讲一讲，也是“一家之言”。今天的“一家之言”是一个谦辞，意思就是我个人的见解不一定对。实际上，文化传统中所指的“一家之言”可了不起。如果我没有记错的话，司马迁太史公用毕生的精力，搜罗的史料自开天辟地始，一直到他著述的时代，文献就不要说了，网罗方士旧闻，父老相传，都没有人知道的，一概要搜罗——搜罗看似简单，不知道却要经过多少辨伪存真。不同的一说怎么统一？还有空白，这里一片，那里一鳞一爪，怎么贯穿？都凭着这个“悟”。道理恐怕就是这样吧？最后说，我做了这么多工作，成“一家之言”。大家体会一下这个“一家之言”是什么分量？拿我来说，我的红学是“一家之言”，你这叫什么“一家之言”？你够得上吗？笑话！今天不敢用那个名词，那只是个人一点非常浅薄的认识。现在讲《红楼梦》仍然是如此。

我说的“一个大脉络”，确实是从“四大小说”而来的。这个话怎么讲呢？“四大小说”也是千头万绪，我选择其中一个脉络。《三国演义》讲什么？讲人才。什么样的人才？帝王将相——魏、蜀、吴三方面。文臣——有智谋的，包括刘备请来的诸葛亮，还有关、张、赵、马、黄“五虎将”；孙权那边周瑜、黄盖、太史慈，那多了，如此等等。谁占了人才，又会使用人才，谁就得胜了。中国古典“四大小说”的第一部《三国演义》是人才问题，第二部《水浒传》也是人才问题。什么人才？不是帝王将相，是强盗，这可不得了，这不吓死人吗？这类人没人敢提、没人敢惹，哪还敢写？那发疯啦！它的作者说，我要写这样的人才，跟帝王将相不一样。第三部《西游记》呢？《西游记》也是写人才。没有孙悟空，唐僧能经过七十二难，到西方取得真经吗？这是又一种人才，这种人才很奇怪。写帝王将相不能重复老写，《水浒传》也只能够天下这一份，不能都写强盗。再写人才怎么写？想来想去，还有一种“是人非人”没有写过，于是就写了孙悟空这个人物，半个人，半个还是兽。说兽，有点不好听，但没有坏意思。又正又邪，看那个孙悟空的性格有正的一方面；还有一面存在妖气，为非作乱，大闹天宫，搅乱了东海。这是另一种人才。到了第四部《红楼梦》写什么呢？还是写人才。好像曹雪芹思考过了，帝王将相没有兴趣写；《水浒传》的强盗人才没有办法写，也不敢写，况且人家写得比谁都好。《西游记》呢？又另当别论。曹雪芹想来想去，还是想——写什么样的人才呢？那个时代最不幸，最受痛苦，最受贱视、轻视、忽视，甚至于不被当人对待的是女性——对，就写这个人

>>> 没有孙悟空，唐僧能经过七十二难，到西方取得真经吗？这是又一种人才，这种人才很奇怪。图选自清代佚名《彩绘全本西游记》。

才！从这条线读《红楼梦》，这是首先要抓住的。

这么一看，“四大小说”的这条“大脉络”，如果没有看清，说他们这是干吗呀？我们为什么把这“四大小说”连成一气来看？到今天就公认了，海外也公认了。当然，这“四大小说”的成型、确认不是一步。就是说到今天此时、此日、此刻，“四大小说”的提法已经没有异议。它们四者为什么要组成一个系列？拿什么把它贯穿起来？我说的人才论是一种尝试，不知道其他的专家是怎么说的，我还是说我个人的见解。

第一个切入点的第二个方面，就是“两个水源头”。它们一个是《水浒传》，一个是《西游记》，《三国演义》先撇开不说。我看曹雪芹对《三国演义》没有太多的兴趣，而对《水浒传》《西游记》却是密切关注、深入思考，而且非常欣赏——是这么回事。所以这是曹雪芹写《红楼梦》的“两个水源头”。从《水浒传》吸收什么呢？很清楚，我在其他场合说了不止一遍，在座的可能都知道，就是《水浒传》写的是绿林好汉——一百零八将，那些写的都是男子。曹雪芹最看不起男性，为男性起了一个名字——“须眉浊物”。他不能重复写男性，要跟《水浒传》唱唱对台戏。

有一次我给老外朋友讲《红楼梦》，我提到这一点的时候，用了一个英文名词，“须眉浊物”翻译成 dirty creatures——肮脏的动物，他们都笑。“须眉浊物”听起来多么文雅啊！曹雪芹就是会这个，字面非常美啊！这个美，适合我们汉语语言的规律。“须眉浊物”表面上不难听，内涵就是我说的 dirty creatures——肮脏的动物、“活物”。《水浒传》写的都是“须眉浊物”，曹雪芹说我写那个干吗？他不愿意写，也不屑于写。当时广大女性的命运、处境，

>>> 孙悟空是怎么产生的？花果山、水帘洞、一块石头，石头里蹦出一个猴儿来。他要下世去作为一番，它的作为是什么？保护唐僧，西天取真经？而且不畏艰难、辛苦。图选自清代佚名《彩绘全本西游记》。

还没有人去写。那种佳人是假造的，不是实际的，是给男子的一种玩物，高明一点说就是一种摆设、是一个好花瓶，插着花，有香有色。从这一点来说，曹雪芹的伟大就可想而知了。而相对于“绿林好汉”这个名词，中华语文讲“对仗”，就是“红粉佳人”。这边绿林，那边红粉；这边好汉，那边佳人，对仗精工。但是“红粉佳人”有点俗，曹雪芹变了，又创造了一个空前绝后的文学语言，叫什么——“脂粉英雄”！谁说过？谁会这么说？他说脂粉，妇女总是要的，清朝乾隆时代尤其讲究化妆。早晨两小时，要不化好妆，不能出来见人，我说的是富家的妇女。脂粉是有代表性的，但是女性怎么没有英雄呢？他说不然，女性人才是真正的英雄，超过那些“须眉浊物”、那些拿刀动斧的英雄。杀人放火那叫英雄？妇女里边的真才干、真智慧就不算英雄？曹雪芹替妇女打抱不平，所以从数目上而进行艺术联想——绿林好汉一百零八，这边脂粉英雄也一百零八。这是我的理论，说到这一点就必须把它点透了。那边的一百零八用不着运算，《红楼梦》里的一百零八却得交代清楚——是十二钗一排，后来的情榜九排，九乘十二就是一百零八，明明确确就是跟一百零八个英雄好汉、绿林好汉唱对台戏。大家看这不是水源头，哪里还叫水源头？真正的一个水源头。

第二个水源头为什么是《西游记》呢？那《西游记》的情节故事，跟《红楼梦》是相差十万八千里的，你怎么胡拉乱扯？我说，这里边有道理。孙悟空是怎么产生的？花果山、水帘洞、一块石头，石头里蹦出一个猴儿来——它本来是个石猴，这个是艺术创思，石头里边能够出现生命。这个猴本来是猴王，在山里边应该很快活，可这个猴却并不快活。有一次站在山头往尘世一望，不知感从何来。我也不能瞎编乱造。我只记得有一本书里说，孙悟空还是石猴的时候，往尘世一望感从心来，眼中落泪。我非常奇怪，这个石猴看人间的事，他是何种的感受、感动？他为什么流泪？那时我还年轻解不出来，我没法回答。他因此要下世去作为一番，它的作为是什么？保护唐僧，到西天取真经？这里都是假的。而且不畏艰难、辛苦，遇到了各式各样的怪事、妖魔鬼怪，它们要吃唐僧肉，孙悟空一个一个破了，破了还没有功，唐僧不理解，还给他念紧箍咒。这是一种什么心情？勇气、志愿、美好精神、美德都可以加在他身上。但他不是一个真正的正人君子，他一半有妖气、邪气，对不对？他没有邪气怎么会大闹天宫，搅得天宫一塌糊涂，到了东海把东海老龙王弄得坐都坐不住了。这还不叫邪气？

曹雪芹从这个源头，又进行了智慧的、艺术的、文学的创造——他那个主角也从石头那儿来，这是其一；其二，曹雪芹写的那个主角不是什么孔夫子、大贤人，完好无缺、十全十美，不是。他一半有长处，还有一半人人骂街，说得多清楚啊："行为偏僻性乖张，哪管世人诽谤。"没有人理解，说这主角太不像话了、太胡闹了，这是一个坏孩子、坏人，下流、流氓，什么都可以说。宝玉是这么一个人，是吗？他本质是这么坏吗？这个问题就复杂了。曹雪芹一开头就预先感染读者，他不害怕，说你们如果愿意随着世人一同来诽谤我，我心甘情愿；如果读者有智慧，看看事情并不是这么简单，那就好办了，就能够看"入"了《红楼梦》，看看到底是怎么一回事。

我的提纲里提出"一条大脉络"——人才。"两个水源头"——一个是《水浒传》，一个是《西游记》。

>> > 曹雪芹从《西游记》这个源头，又进行了智慧的、艺术的、文学的创造——他那个主角也从石头那儿来。图为曹雪芹塑像。

然后，咱们的问题就是“人才”——咱们都念“人才经”，张口“人才”、闭口“人才”。这个就完了吗？这就是作者写书的目的吗？作者赞扬了这些妇女的不同凡响，说她们这些闺友的行为、见识处处超过一般人，把妇女摆得地位那个高。他很自愧自己不行，所以是一个“须眉浊物”。仅这一点就无比伟大——怎么看自己，怎么看别人。这些不幸的妇女人才——这个“才”是广义的，不是才女通文墨、吟诗作赋，好像林黛玉那样的“才”；不是的，更重要的是凤姐、探春、薛宝钗，还有其他人那样的干才，这才是“才”的真正定义。只会作几句诗，假如天下的女性、女流都那样，世界能成其为世界吗？能造就伟大的中华民族吗？我就是一个作诗的“诗迷”，我丝毫没有轻视诗文的意思，那太误会我了。我是说读《红楼梦》涉及的“才”不要用狭义的，我们通常用的那个概念、观念去理解。所以曹雪芹对他要写的这些妇女，下了四个字的定义“小才微善”。“才”有一点儿，他替这些妇女谦虚，也不过是有点小才。这个“善”是美德，也不限于慈善。不吝啬，有钱的帮助穷人——那又狭义了，那个“善”是各方面的美德、长处、优点。“微善”也不太大，就是在那个一定的规格、水平之上。这实际上包含着谦虚，谦虚之中更有一种沉痛、悲痛的感慨，就算“小才微善”吧，没人认识，而她们一个一个的却极其不幸。《红楼梦》迷失的后半部，写的就是她们怎么一个接一个地沦落到那个悲惨的地步。

这就是一个三段论：大脉络—人—主题。什么叫人？我特别点明人——才，“才”是第二个中心。下面，这个才被不被人认识？被不被人摆在充分发挥的位置上，而人尽其才？ 不仅不能人

>>> 这个“才”是广义的，不是才女通文墨、吟诗作赋，好像林黛玉那样的“才”，更重要的是凤姐、探春、薛宝钗，还有其他人那样的干才，这才是“才”的真正定义。图为现代王大凡《十二金钗》。

尽其才，更没有机会让她们施展这种“才”，反而让她们沦落到那种难以言表的、极其不幸的地步。这些都可以用一个普通的名词来形容，就叫做“命运”。

人、人才、命运，这三大主题是《红楼梦》的关键所在。如果撇开这个，空洞地讲“黛玉葬花”“宝钗扑蝶”，这叫消闲解闷，大家茶余饭后谈谈、议论议论、评论评论，有时候还开仗、争论。那是另外一回事，那不是诸位要我来这里说说、讲讲的目的。

把三大主题摆清了之后，才可以转入另外的切入点，也不妨讲“黛玉葬花”“宝钗扑蝶”。这不是随随便便讲什么好玩，什么良辰美景、赏心乐事，什么富贵家庭的吃喝玩乐。要是这么看《红楼梦》，就没有什么意思。如果咱们大家为了这个，费这么大事做节目，浪费这宝贵的时间，咱们也太低级、太无聊了。

刚才讲的，刚刚接触《红楼梦》的真主题，就是在我的心目中怎么看这部人人都称为伟大的不朽之作，我们从哪一条线、哪一个门径进入这个宝贵的殿堂，来探索它一切的奥秘和宝贵的东西。我们的目的就是为了这个。

我那么粗略地指出人才、命运，这个其实是《水浒传》的主题。这一百零八个英雄好汉，个个是非凡之才。林教头也好、武二郎也好、花和尚鲁智深也好，后来的命运一个一个地被那样迫害、诬陷、下毒手，没有一丝生路，被逼上梁山。那是一种对命运的描写。到了《红楼梦》又是如何呢？当然不能雷同，主角换了，由绿林好汉变成了脂粉英雄。她们的命运是怎么变坏的？这才是《红楼梦》真正的目标。写到后来，把一百零八位少女的结局都交代了，当然这个交代有艺术性。有人说一百零八位少女——根据我的考

>>> 人、人才、命运，这三大主题是《红楼梦》的关键所在。如果撇开这个，空洞地讲“黛玉葬花”“宝钗扑蝶”，这叫消闲解闷。图为现代杭穉英《宝钗扑蝶》。

证，一百零八位还不到第三十回，前面写的那几个人就收场了，有人说那一百零八个哪里盛得下呢？盛不了啊。我说这样看，就太死了，这不是记账本，一个接一个地交代结局，可以有一批、一组，几个人一起，一个案子里边就交代了。曹雪芹的那支笔灵活万分，哪像我们的死脑筋推论的，那样还有什么《红楼梦》可看，就不如看日记、看账本了。

《水浒传》的作者连皇帝也不敢说，只能说当朝的宰相、奸臣和手下的坏人——蔡京、童贯，包括高俅，是他们害人。至于皇帝与宰相的关系，在古代历史上，不是那么简单；就只骂皇帝，一切就是他的错，也不是这样。金兵把北宋打败了，也就是宋朝陷落了。金兵押着宋徽宗、宋钦宗两个俘虏往东北走。北宋汴梁各式各样的能工巧匠、宫中的大量宫女、许多富豪……简直是浩浩荡荡的大难民队，就往东北走去。这时有记载，两个皇帝多么尊贵，万民尊仰，却骑着两头驽马走出汴梁，两旁的老百姓都很悲伤。皇帝在那个时代是国家的代表，老百姓一看两个皇帝都穿着破袍子、骑着驽马，成了俘虏，让金兵赶着往北走，简直哭得不成样子。两个皇帝跟百姓说了什么呢？“宰相误我父子”——徽宗和钦宗是父子、两朝皇帝。皇帝的心情是把治国安民的大权交给了宰相，皇帝只不过就是一个象征，就是所谓的元首。他们说宰相把国家弄成这个样子——把我们父子给误了。我们看戏，《林冲夜奔》就是要推翻这些奸臣，他一字不敢冒犯皇帝。当然我说这个话不是给皇帝平反，不是那个意思，要了解时代不同的文学。《林冲夜奔》的昆曲美极了，“数尽更筹，听残玉漏，逃秦寇。（哎——）好叫俺有国难投，那答儿相求救”。后面又唱道“按龙泉血泪洒征袍，恨天涯一身流落。专心投水浒，回首望天朝，急走忙逃”——还忘不了朝廷。“顾不得忠和孝”，这都是昆曲，美极了。这明明白白地说，林冲这里最关心的还是一个忠于君；家里的老母亲没有人照顾，他最看重的还是一个孝。这是中华文化里的伦理道德观念，应该先了解，那个人的处境、心情都是什么样子。

这个跟《红楼梦》有什么关系？不能用简单的形式逻辑，只一个直线、一个前提、一个结论，就把一切复杂的、曲折万状的文化历史做了结论。我认为，这个风气不足以提倡。《红楼梦》里的一百零八，不是真的，只是一个象征，它代表中华文化观念上的最多，十二是阴数的最多，九是阳数的最多，两者一乘，等于一百零八，一百零八代表所有的最多。曹雪芹的《红楼梦》写得最多的，今天的话叫做广大妇女。这是《红楼梦》的主题，由此才称之为中华文化遗产中最伟大的一部作品。哪里是什么个人爱情、争婚，彼此争风吃醋、你死我活。

这些妇女人才的命运悲剧，到底又是因何故而导致的呢？当然跟蔡京、高俅不是一回事。由这儿产生了红学研究的一个主题，这是空穴来风吗？又不然。举一个例子，我们人人尊敬、崇拜的大作家、大学者鲁迅先生作过一部《中国小说史略》，第二十四篇专门讲《红楼梦》，大题目叫《清之人情小说》，其中谈到了曹雪芹的生平家世，里边说了八个字“不知何因”“似遭巨变”，这使我很震惊。鲁迅先生不是一个红学家，当时也没有所谓的红学家，就有一个胡适在研究它；俞平伯是另外的欣赏家，没有做研究，也不做考证。谈论曹雪芹的只有胡适，他对曹家研究的结果，只有八个字：“坐吃山空”“自然趋势”。人人皆知——就是说曹家富贵，文

>>> 这时有记载，两个皇帝多么尊贵，万民尊仰，却骑着两头驽马走出汴梁，两旁的老百姓都很悲伤。皇帝在那个时代是国家的代表，老百姓一看两个皇帝都穿着破袍子、骑着驽马，成了俘虏，让金兵赶着往北走，简直哭得不成样子。最后竟然客死他乡。图为宋代佚名《迎銮图》。

>> >《红楼梦》里的一百零八，不是真的，只是一个象征，它代表中华文化观念上的最多。曹雪芹写《红楼梦》写得最多的是广大妇女。这是《红楼梦》的主题，由此称之为中华文化遗产中最伟大的一部作品。哪里是什么个人爱情、争婚，彼此争风吃醋、你死我活。图选自清代孙温《全本红楼梦图》。

学艺术环境非常优越，这对曹雪芹有影响。但是他家为什么后来败落了呢？是由于“坐吃山空”，这些富贵子弟什么也不干，也不会干，每天吃好的、玩好的，吃喝玩乐享受——“坐吃”，坐着享受，把“山”都吃“空”了。他们家虽然富，吃来吃去就破产了。“自然趋势”，是说旧社会的一些富家子弟——不长进、不务正业的子弟，就会享乐的子弟，他们的必然规律就是如此。但唯独鲁迅先生说了八个字，说曹家后来“顿落”。“顿”就是忽然、猛然、突然，“落”就是败落了。“不知何因”“似遭巨变”，好像遭了一场巨大的变故。鲁迅先生作中国整个小说史，《红楼梦》尽管重要，他评价也极高，但是他不可能为了《红楼梦》而去从头到尾地研究，做一个专门的红学家。但他已经运用了一个学者的推理，他根据自己的感受而看出来，这个曹家是怎么败落的，有一个巨变在里边隐藏着。这个是证据吗？哪个历史档案记载了、留下了？还是曹雪芹给鲁迅先生开了个证据条，说我们家是遭到什么样的灾难就败落了，说鲁迅先生以后作书拿我做证据，曹雪芹还签名、盖章。世上有这样的事吗？那还有学问吗？那还用研究吗？这不是银行里边开账单、支票。所以诸位看看什么叫红学？什么叫学术？什么叫证据和这个“悟”？这之间是什么关系？感中有悟，悟中有感，一边找证据，一边寻证据，证据又不是整体的，这一句、那一句怎么贯穿？这还不是靠悟吗？

牛顿不是红学家吧，他是自然科学家里的一个大祖宗，发现了地心吸力，谁给他开的证据条？地球？上帝？玉皇大帝？那个苹果在树上，它熟了以后怎么往下落呢？怎么不往上飞呢？地心吸力！是考，是证，还是悟？这分得清吗？富兰克林发现了电的存在——

放风筝，一打雷、打闪，手里好像一个金属，这里亮了。哦！这里有个东西，看不见的无名的一种力量、一种能量，突然传到了他这里，怎么会这样呢？要悟啊！谁给他开证书、签名盖章？今天全人类假如一刻没有了电，大家说说我们怎么生活？这还不伟大吗？这从哪儿来？就一个字，很简单——“悟”！现在有人公开反对，说我们做学问不能“悟”。我这是题外的话吗？不，大家听我下面要说什么。

我们为什么要寻找曹雪芹的《红楼梦》这个大悲剧中，一百零八个女儿命运的巨变？是受了鲁迅先生的启发，我们要寻找这个巨变，这就使我们考证派戴上了黑帽子，开口就骂，闭口就骂。那么，我们考的是什么？证的是什么？目的就是要求证这一百零八就是一个象征，它实际上写的是“千红一窟（哭）”“万艳同（杯）”；曹雪芹要表达的是，她们命运的结局是因何而起，这个巨变的根源是什么。他以自己家的实际经历，看这些多么好的女儿，却一个个地像美玉般陷入污泥。

我们弄来弄去，考证出大概一个轮廓。康、雍、乾三朝复杂的政治局面，皇族间尖锐激烈的明争暗斗，导致了株连。株连就是由于政治问题，一个个地被牵连。曹家的败落完全就是由于这个，这不是我今天讲的主题，但是我要指出这一点来。我们只有明白了这一点，才明白曹雪芹的创作动机、心理、感情里面有这样一回事，这是一个重要的因素。但是这个因素曹雪芹不敢写出来，因此在《红楼梦》的开头只说，我（曹雪芹）经历了一番“梦幻”——“梦幻”是假词、荒唐言，我把真事隐去，这是真的。我借“通灵”这个说法，撰此“石头”一“记”，借那个“通灵宝玉”是石头变的，

>>> 康、雍、乾三朝复杂的政治局面，皇族间尖锐激烈的明争暗斗，导致了株连。曹家的败落完全就是由于这个。只有明白了这一点，才明白曹雪芹的创作动机、心理、感情里面有这样一回事，这是一个重要的因素。图为清代张宗苍等《乾隆皇帝松荫挥笔横轴》。

我才写了这部《红楼梦》，真事都压在底层，没有写在字面上。

二

第二个切入点是“黛玉葬花”。“黛玉葬花”，人人皆知。《红楼梦》写到第二十七回，大回目《滴翠亭杨妃戏彩蝶　埋香冢飞燕泣残红》，美术作品一表现《红楼梦》就是这两个：一个是林黛玉拿着花锄，花瓣漫天落下；另一个就是薛宝钗拿着扇子，旁边彩蝶纷飞。这都是非常好的作品，我绝无品头论足之意。我是说这个主题大家很少变换，只要是拿起笔来，说我要画《红楼梦》，先就是这两张。我们的感觉是有点太俗、太落套了，还可以出点新的主题——这是我个人的感觉，这跟学问无关。我们要反问一句，画家为什么提起笔来想不起别的来，就先想起“黛玉葬花”“宝钗扑蝶”？这里面还是有原因的，这不能怪人家就是落套，一个新主题也想不起来。我给他们想了很多新主题，他们从来也不画。

“黛玉葬花”，其实也是一个象征。《红楼梦》第二十七回已经到了春末夏初，这回葬的是石榴花、指甲花，重重地落了一地杂花。大观园里第一次葬花的，不是黛玉，而是宝玉。有一个刚搬入大观园时的故事情节，写的就是他坐在沁芳闸旁的一块大石头上，看《西厢记》，上边满是桃花。忽然一阵风来，“落红成阵”，花瓣落了满身、满头、满地。“落红成阵”，古诗词里咏这个的，无从计数。此情此景，那又该怎么办？那个深情的小少年不忍心踩花瓣，太可惜、可爱、可怜了。那个花瓣是什么？代表少女啊。他不忍用

>> > 第二个切入点是“黛玉葬花”。“黛玉葬花”，其实也是一个象征。图为清代费丹旭《黛玉葬花》。

脚踩，扫了兜起来，兜起来放到沁芳闸里，顺着水溶溶漾漾、飘飘荡荡流出闸去。这是第一次写大观园的场景，这干吗啊？这有什么意思啊？有人说我总是看这干吗？我还有更重要的事去做。但是如果真是想看小说，而又挑上了《红楼梦》，明白这一点很重要。大观园已经造完了，不是为了元春省亲，而就是为了这个，第一次就把它写出来，这就是《西厢记》里面说的“花落水流红”“闲愁万种”“无语怨东风”，春没了，都完了。完全毁灭了，沉痛万分。一开始就写这个，后来林黛玉才来的，两人一起看《西厢记》。第一次真葬花，“葬”不是埋在土里的，“花落水流红”不忍心践踏，让它随水漂去。这就是“葬”，主角却是贾宝玉。整个《红楼梦》真正葬花的，不是林黛玉而是贾宝玉，明白这点十分重要。

到了第二十七回是饯花会。“饯”是什么？饯别，两个人非分别不可了，设一点酒菜，作为临别纪念，那是吃不下去的，眼含着泪相会，那叫饯别。这个“饯”是吃东西，《红楼梦》里真正的主题是饯花会。第二十七回真主题是饯花，大观园里所有的少女集中在一起举行饯花会，跟春天所有的花告别——又是夏季，另外一个季节到了！

这个饯花会特别点出来是四月二十六日，连时辰都确切——未时。“未”是下午1点到3点，我们今天叫几小时，哪来的“小”，时辰还有大小？西方没有小时，就叫clock，我们的“小时”是由古代的十二个时辰——每一个大时辰分成两个西方的小时，就是这么来的。所以未时就是从1点到3点，这就是真正的午，正热，太阳过了未时才一步一步地往西，偏西坠落。这是一天中真正的分水岭。

>>> 那第一次葬花的，不是黛玉而是宝玉。后来林黛玉才来的，两人一起看《西厢记》。图为现代倪耕野《红楼韵事·西厢记妙词通戏语》。

>>>《红楼梦》是怎么开头的？甄士隐看书，看着看着，“午倦”了，看到正中午，抛书，把书搁在一边，朦朦胧胧地睡去——一闭上眼睛就做了一个梦。图选自清代孙温《全本红楼梦图》。

这个大象征比我刚才说的——把桃花放入沁芳溪更隆重、巨大，这是又一个正式的、庄重的、深刻的大象征，它象征整部《红楼梦》的大主题、大意旨。跟花告别了，跟花告别也就预示着她们的命运……古今没有这个先例，所以我这里没有适当的名词。但是我又要提醒诸位，曹雪芹的艺术是孤立的吗？不是。前有首、后有尾，这是中间的腹。我举几个例子，四月二十六，未时，特别点出这个时辰，这个日期是饯花会，在哪里有伏笔、有喻笔？脂砚斋指出曹雪芹最大的本领、最高超的艺术是"伏脉千里""草蛇灰线"，他一笔伏在千里之外前，却一直把精神灌输到千里那一边，这叫"伏脉"。在中华文学艺术中最为重要，西洋人不太讲这个，只学西方的东西的人，也好像绝口不谈什么叫"脉"。

《红楼梦》是怎么开头的？甄士隐看书，看着看着，"午倦"了，看到正中午，抛书，把书搁在一边，朦朦胧胧地睡去——一闭上眼睛就做了一个梦。梦里就梦见一僧一道，他听一僧一道讲了一个什么故事呢——怪啊，古今没有这么一桩奇案，说现在有两个情鬼，他们要下世去，好多情鬼跟着一块儿去。什么情鬼呢？就是大家知道的神瑛、绛珠。他被灌溉想报恩，两个投胎入世，想要用眼泪还。从来没有这样奇怪的事，没听说有用眼泪酬报的。这个时候，又有一句要紧的话——说他们这两个主角下世，当中这个石头就夹在里面，一块儿到警幻仙子那里挂了号，一块儿让它（石头）也下世去享受，石头是夹在里面的。另外有两个情鬼下世，那是正主角。还有个石头，还有个通灵玉。甄士隐说，我看看行吗？给他一看，接到手里，晶莹仙洁，五彩缠护，还有字。刚要细看，天崩地裂，一声巨响，他人醒了。他醒了以后，见八个大字"烈日炎炎，芭蕉冉冉”。未时1点到3点，四月二十六，正是热的时候，写芭蕉干吗？宋代有个词人蒋捷，他在一首《一剪梅》里面写四月末五月初——“红了樱桃，绿了芭蕉”。两个代表性的——樱桃熟了，通红了，下世了，摘下来可以吃了；芭蕉绿了，刚刚舒卷，那个新绿，特别的美。甄士隐的这八个字，写的就是后来的四月二十六；甄士隐梦见的这块美玉，随着僧、道二人到警幻仙子那里挂了号，就是下世投胎的时间。

到了第二十七回的饯花会，暗笔点明，这就是宝玉的生日，所以探春跟宝玉兄妹二人说心里话，就说鞋、说袜。古代生日送礼是要送一双新鞋，连张道士给贾宝玉送的生日礼也是一双新鞋袜。这个饯花会是宝玉的生日，宝玉生来所为何故？曹雪芹的艺术语言——他这个人生来就是为了饯花，他是一个饯花主角，我们要抓住这一点。有人说，这是你的“一家之言”，这有佐证没有？隔了那么久的第六十三回，这回点明是给宝玉做生日了，怡红院寿怡红，大家开夜宴。这个夜宴把所有能请来的大观园的少女都集中在一起，包括主子和丫鬟。饮酒，行的酒令是什么？掣花名、占花名、掣花名签。黛玉掣的是芙蓉，宝钗掣的是牡丹，探春掣的是红杏，湘云掣的是海棠，袭人掣的是桃花，麝月掣的是荼蘼。麝月不认字，掣完了就问大家每一个签的诗文。大家都做了一番解释，姊妹们玩笑，各含深意，都是预示后来的命运，巧妙极了，用的又都是古人的诗词。麝月不懂，她就问“开到荼蘼花是了”，这是怎么回事呢？宝玉就插入签筒不给解释。什么意思？这句话就是说“完了”。“开到荼蘼”是最后一枝花，开到这儿，百花俱谢，这一场生日夜宴是又一场饯花会。形式不同，本质没有两样！点明饯花的

>>> 第二十七回饯花会，暗笔点明，这就是宝玉的生日。他这个人生来就是为了饯花，他是一个饯花主角。图选自清代孙温《全本红楼梦图》。

主人是谁 —— 贾宝玉。整个一部《红楼梦》—— 我心目中的《红楼梦》用两句话来归结，它应该是什么呢？我说主角是贾宝玉，是整部书的中心，所有的一百零八个少女小才微善；他心心念念，死了的悼念，没死的想念 —— 不知她现在落入什么境界。《红楼梦》整个儿就是写这个。贾宝玉是大主角，一百零八个女儿围着他而产生、而发展、而叙述、而感慨、而流泪。

《红楼梦》写到第五回，警幻告诉贾宝玉，我那个茶、我那个酒是“千红一窟（哭）”“万艳同（杯）”。“群芳髓”，一百种、一千种的花，是精水酿成的，和一千个女儿一同哭，和一万个女儿一同悲。这种大悲剧的深度，古今中外我找不到第二部。当然，我说我的知识面太狭窄了，特别是我耳目坏了以后，我怎么敢说这个呢？还是仍然回到咱们中华，“前无古者”，我看这都二百多年了，后来也没有个“来者”，可谓“独立万古”。梁启超说《红楼梦》“只立千古”，是一只啊！我们再突出一步讲就是独立万古，和日月同光，永远不会磨灭。因为其内容、思想、感情，太博大、太崇高；它的沉痛，太深刻！

总结一句 —— 有很多人骂我们考证派，以致今天还正在骂。这没有什么，我想告诉大家，我们做考证是为了什么？考证本身不是一个罪恶，千辛万苦地寻找这个巨变、这个命运的真正的历史根由，没有第二个目的，寻找出来仍然是为了更好、更正确地明确 ——《红楼梦》原来是这么一回事！曹雪芹是十年辛苦，流着热泪而创作的，这不是闹着玩的。要不是这样创作出来的，怎么会人人都说《红楼梦》伟大。我也说伟大吧，要是说不伟大，那就犯了众怒。我们中华文化要是落到这个地步，就太可悲啦！

再总结一句——用简单的话，我们考证、我们索隐为了什么？我说我要解决一个问题，就是这四句话，曹雪芹给我们留下的——“满纸荒唐言，一把辛酸泪”，别的不要再念了，人人都知道的。上面一个“荒唐”，底下一个“心酸”，是水火冰炭，相差十万八千里。曹雪芹把这两个名词这么摆，它们是什么关系？十年辛苦，字字看来皆是血，那个“心酸”是如此的沉痛。那为什么又“荒唐”呢？你正面写“辛酸泪”不就完了吗？不是更能够感动我们吗？不，他没那么做。他为什么不那么做？反而举出了一个“荒唐言”来？这二者的关系如何？是一个现象、一个本质？还是“荒唐”之中有“心酸”，“心酸”为了“荒唐”，用“荒唐”的字面掩盖“心酸”？还是“心酸”需要“荒唐”来帮忙呢？

我弄了近六十年的所谓“红学”，但耳目非常狭窄、孤陋寡闻，到今天为止还没有看到——也许早有了我还不知道，有人从正面好好解决“荒唐”和“心酸”这二者之间复杂、曲折、深刻、沉痛的关系，指出它到底是怎么回事。“荒唐”指的是什么？“心酸”指的是什么？我要不要给大家说一说，要说的话是空口想象呢，还是有点证据、有点论据、有点推理？有人一方面又说我们，讲学问、讲历史靠的是证据，不是靠“悟”；另一方面又说没有解决需要“悟”才能解决的文学艺术问题、哲学问题。有人还会说我们这些可怜的读者只能听专家你说那、我说这，把我们搅得是一塌糊涂。我今天坐在这里冒充专家给你们讲，我太惭愧了——我都不知道我该怎么看《红楼梦》，我给你们讲什么呀！我这是不是信口开河，开你们的玩笑？我太不负责了，我惭愧万分！

>>> “开到荼蘼”是最后一枝花，开到这，百花俱谢，这一场生日夜宴是又一场饯花会。形式不同，本质没有两样！点明饯花的主人是谁——贾宝玉。图为清代沈谦《红楼梦赋图册·怡红院开夜宴赋》。

怡紅院開夜宴賦

金屋人間晶簾日暮落花開筵啼鳥宿樹令題詩牌籌錯酒數漏滴將殘曲終誰顧陽春召我同太白之夜游皇覽揆予適霸均之初度香浮銀甕錦簇珠盤猿真獻果鶴不分餐棃正開而早釀桃非竊而如蟠奉觴勸祝倚榻盤桓無須白鳳青鸞王母長生之藥元霜絳雪麻姑不老之丹則見春草嫣婷朝雲小鬟歌喉珠貫舞袖弓彎帳因霧鎖門倚風關銀屏燭冷翠幙鉤開深情若揭俗例都刪碧籠鴉鬢紅裙鳳環香淋額角黛掃眉開酒泛鵝兒色曲吟雉子斑遂乃珠圍翠合雲亘星聯籤籌一握散彩三宣桃垂溪畔杏倚日邊送春花了繞瑞枝連紅瘦綠肥錦帳鎖佳人之夢影疏香澹孤山留處士之天却宜春館笙歌羨他富貴最好秋江風露修到神仙彼夫器陳握槊物取藏彄鶴形箭飾豹尾壺投格五致險象六誰優呼梟得梟彩非雉犢打馬刻馬圖有騂騮洶閨房之游戲非飲博之風流何如抛紅豆之玲瓏相思入骨誦碧雲之清麗不盡飛籌乃有梨園舞女名列煎茶簫吹碧玉板拍紅牙顰眉偃月暈臉蒸霞夜深則海棠欲睡風高則燕子先斜瑪瑙枕邊夢斷合歡之榻芙蓉帳裏香飄並蒂之花

第三节

《红楼梦》的特殊笔法

大家要了解中国最古的讲史小说，撇不开《三国演义》，那是事实，《三国演义》在民间的影响就更不待我说了。然而，真正打动我的却是《水浒传》，那是真正的了不起！所谓伟大的中国小说，最早的还是《水浒传》。《三国演义》作起来，我说句狂妄的想象、比方的话，并不是那么难得要命，因为有正史来做基本的、骨干的、框架的依据，就是得编排一下，加上文学艺术的细节、想象，就行了。——让我这么一说就太容易了，其实我是打比方说说道理。但《水浒传》可是太不一样了，仅仅是《宣和遗事》这部书中，说在北宋末有这么个宋江，有那么三十六个人——那时还叫“群盗”，除了武松打虎、景阳冈、潘金莲这些在民间可能有些传说，此外，怎么凑到这一百零八位绿林好汉，我觉得这实在是太了不起。看看那个文笔，中国小说第一个站起来的，真正是没法不让人钦佩的就是《水浒传》。而《红楼梦》的写法跟《水浒传》又大大不同，不同在哪里？《水浒传》《三国演义》《西游记》都是正面描写，里边没有更深一层的表现，没有正话反说，没有婉转的词

>>>《水浒传》由《宣和遗事》中的那么三十六人，凑到这一百零八位绿林好汉，实在太了不起了。图为日本歌川国芳《水浒一百零八豪杰》。

语，没有背后如何……就只有正面表现，那不都是大白话吗？说武松杀嫂，里边还有什么呢？没有深层的东西。武松坐在景阳冈喝酒，比方酒保斟上酒，端起来一饮而尽，“果然的好酒”——京剧念白。这种表现法是正的、明的、单层的。《红楼梦》的特殊性就在完全改变了这种写法，它不是正面直写，它那个话有曲折，有深层的东西。这就麻烦了，我们如果作注——最简单的那个字、句、典故，还是有办法的，都可以注出来，至于那些深层的、曲折的、委婉的东西，要讲清楚可是真麻烦。要是校订一部《红楼梦》，书本来就很厚，再讲这个如何，那个如何，再这样啰里啰唆，就是讲得都对，别人看起来也够受的。说不定看着就睡着了，真是麻烦！

曹雪芹的一支妙笔，如龙跳虎卧，习惯于“单打一”的读者怕是难于见赏的，也许还对之大有“意见”。因为那支笔总是手挥目送、四照玲珑，一笔常做多笔用——和“单打一”正是“君向潇湘我向秦”。比如刘姥姥早早出现于书中的作用，就是一个好例子。姥姥一上场，原是和女儿、女婿筹划贫家如何度过寒冬的生计问题，却于千里之外设下了一条伏线，牵引着荣国府势败家亡、子孙流落的悲剧结局，而且遥遥地映射着她外孙板儿和王熙凤的“掌上明珠”巧姐的一段异样姻缘。再看姥姥之来，她欲入荣府，那前面的大门是不让她进的，她走的是名副其实的后门。要说她如何就能那么容易地见着琏二奶奶，这全是周瑞家的一力相扶之故——因为周瑞家的是太太的陪房，地位、身份，非同一般仆妇。但是，为什么非让这个不常出场的周瑞家的充此重要引线呢？这就至少又有了两层用意。

总之，处处有“多棱镜”“万花筒”的妙境，而迥异乎“单打一”的那种庸常、呆笨之笔。

再比如，《红楼梦》里边那副对联，真正的是反话。就是第五回书中，秦可卿引贾宝玉来到一处内室，宝玉抬头一看，见到一幅《燃藜图》。《燃藜图》是读书的典故，上有对联：“世事洞明皆学问，人情练达即文章。”一个人情，一个世事，还得要练达，还要洞明，都得通了、透了。《红楼梦》写贾宝玉“愚顽怕读文章”，其实，他不爱读的是八股文、经书，那部《西厢记》他读着可是太有滋味了。他一看对联上又是人情，又是世事，忙说快出去，受不了这个。这个是反话，曹雪芹是最通达了人情、最通达了世事，才写出这样的小说来。

再看看，哪一个人、哪一件事、哪一种关系，不是说得那个透、看得那个穿，真是一针见血。难道曹雪芹糊里糊涂就写出一部《红楼梦》来？谁信呢！我举这个例子，是说我们读《红楼梦》，不能像读《水浒传》《三国演义》一样——那都是正面表现，好比这是舞台，我就把正面亮给你们，后面没有东西。《红楼梦》四通八达、八面玲珑，用直线推理逻辑，连个弯都不会拐，前后左右都不知道，那怎么能行呢？如果不明白这层道理，就会产生疑问——人人都说《红楼梦》伟大，其实不过是红学家们借着大名自个儿要怎么而已。当然世上有这样的人，但是往大了说，我们研究《红楼梦》真是感慨万分。这样的作品用什么样的办法，才能更好地讲给那些头脑里边有着一大堆疑问，自个儿解不了，看着所谓专家七嘴八舌地说的读者呢？

太苦恼啦！

>>> 曹雪芹的一支妙笔，如龙跳虎卧，那支笔总是手挥目送、四照玲珑，一笔常做多笔用。刘姥姥早早出现于书中的作用，就是一个好例子。刘姥姥进大观园，那前面大门是不让她进的，她走的是名副其实的后门。她能那么容易地见着琏二奶奶，这全是周瑞家的一力相扶之故。为什么非让这个不常出场的周瑞家的充此重要引线呢？总之，处处有“多棱镜”“万花筒”的妙境，而迥异乎“单打一”的那种庸常、呆笨之笔。图选自清代孙温《全本红楼梦图》。

第四节

《红楼梦》的“情”为何物

几十年前初读《西游记》，书中有一段很是引动我的心情。如果我没有记错，好像是这一段——石猴出世，成了诸猴子的王以后，有一次站在山头或者山岭之间往下一望，忽然心有所感，眼中落泪。我非常奇怪，这是因何而泣？所感者又为何事？为什么还要流泪？猴王由此就说，我要下世去走一番。这个是大关键。其实孙悟空下世后的真正经历，是保护、辅佐唐僧去西天求得真经。当中经历了曲曲折折，做过好事也做过坏事，闹了种种笑话，最有名的是大闹天宫。——是否我们中华民族要永远提倡大闹天宫的精神呢？这是个大问题，并非我今天所能讲。这石猴究竟为什么要下世我不知道，《红楼梦》中女娲的石头却说得很清楚——在大荒山青埂峰，待了不知道几千万年、几亿年，那个荒凉寂寞简直是受不了了，于是自怨自嗟、日夜悲号。人家都补天了，唯独自己被丢在这儿，终于遇到两位大仙，哎呀，您发发慈悲吧！因为听了大仙说人世红尘，有种种富贵荣华享受，他请求的是什么？带我到人间去“受享一番”。这是原词，大家可能就问我了，不是“享受”

吗？怎么“受享”呢？你讲错了吧？或者说曹雪芹用错了吧？如果用今天所谓的规范化，把小词典上能查到的语词，当作最正确、最不可侵犯的，拿那个来看古典，我想是要出麻烦的。人家原文就叫“受享”，不是“享受”。其实，直到清朝乾隆年间这个词还不叫“享受”，要是问我，有证据吗？我有。你们听过单弦牌子曲吗？——我很担心现在的年轻人的态度，就是以前的这些东西都不存在了，所以我讲的不容易引起共鸣。单弦牌子曲是清朝八旗的产物——民间曲艺里最精彩的。有一个牌子曲就上了这么一个引子，叫做《风雨归舟》，它是这么说的：“卸职入深山，隐云峰，受享清闲。”——我辞去官职，退入深山，去做隐士了。看看清朝乾隆时期盛行的曲子，人家也叫“受享”。好，贾宝玉这块冤石头，是要到人间去享受一番，也要尝尝富贵荣华、吃喝玩乐的乐趣。从这儿开始，这是一种欲望。一落生，过了不久，他一懂事，张开双目一看人间事，哎呀，原来是这样，哪里是什么“受享”！这个小孩开始知道人是怎么回事，人世是怎么回事。人世者，就是人和人的关系。我个人承担着什么责任？享的什么乐？受的什么罪？最重要的是应该怎么对待别人。就是说，曹雪芹看了那么多过去的小说，他有一个感受——它们最缺乏一个东西、一个质素，就是人的情，这是曹雪芹一生永远最不能忘掉的一个根本、一个核心。后来他发了大愿、大慈悲心——千辛万苦用血泪研着墨，要完成这部书。他为了什么呢？就是这个“情”。

我多次讲《红楼梦》，都着重于这个“情”。在座的诸位并不是没有听见过，我今天又讲这个，是从中国古典“四大小说”、中华文化的这个线路来讲。这样的话，我们就能明白《红楼梦》单讲

>>> 孙悟空下世后的真正经历，是保护、辅佐唐僧去西天求得真经。当中经历了曲曲折折，做过好事也做过坏事，闹了种种笑话，最有名的是大闹天宫。图为电影《大闹天宫》剧照。

情是不是有特殊的意义和价值，我们的领会就加深了一大层。《三国演义》里边有多少情?《水浒传》里边有多少情？我这里不是说江湖、忠义，大家对于宋江的敬仰，武松为了报那个可怜的哥哥的仇……就没有情？但从根本上来说，这与《红楼梦》里的情是两回事。女娲的这块石头原来是一种欲望，我去了是要享受，可等真正到了人间，一看不是那么回事。这个享受不行，是个假的，可以享受一点，享受的那一点当中也带着无限的痛苦、麻烦、问题，所以悟了。有人反对我这个“悟”字，实际上不管讲学问，还是讲别的什么，缺乏这个“悟”，还有什么精神活动？石头下世的欲望是要受享，一明白道理，马上就改变了——不是为了受享，受享是个人的私欲，吃好的、穿好的，声色、音乐……我来的时候是欲，欲是占有、是自私、是为我自个儿，我现在明白了应该怎么对人。情，是施予，给人同情、怜悯、安慰，我能力有限，只能够做这么一点，我就都奉献出来。人们从我这里得到哪怕一点安慰，我心里也比较安然。

看看这个精神，还有比这更伟大、更感动人的吗？我们看《红楼梦》就是得看这个。

再补充一点。宋江“替天行道”，他这个“天”到底真的是指天意，还是假借的？古代那些做帝王的都是假借天意，自称天子，而宋江到底是真的替那个“天”，还是说这个宋徽宗、宋钦宗做得不好，我替他这个天子来“行道”？这个我不知道，可能双重意义都有。但是无论如何，单看这个口号，他心目之中还有百姓、社会、治国安邦，那还是好的。但是他到了后来，他要打方腊，就投降了——好听的名词不叫投降，叫招安，整个小说的精神意度就有所变化了。假设一百零八是个虚数，是个象征数，真正的是三十六个人——这是正史的记载，这三十六个人最后的结局是不是因为征方腊立了功，都封侯荫子呢？好像是也有一种记载，后来都失败了，反正是不得善终，在江边上或是别的地方，还是散伙了。比如说，京剧里有一出很有名的戏《打渔杀家》，老头叫萧恩，女儿叫桂英，父女二人相依为命，打鱼为生。后来，他们受到土豪劣绅的欺负，忍无可忍，杀了恶霸全家。大家知道，萧恩是变名，就是《水浒传》里的阮小二，他们本来就是营水上生活。如果这个故事是在《水浒传》以后，可见萧恩的末路是多么可怜。这样看来，他们并没有寻到——一个他们自个儿认为是能够治国安邦、救人助世的东西，当然也没有归结到宗教。

《西游记》另当别论。《西游记》里边就是说为了寻求到真经，历的那个险、遭的那个难，本身没有什么要特别阐发的思想。

大家说《三国演义》《水浒传》《西游记》，到底给了我们什么？我们应该怎么做人，是否可以寻得一点消息、线索？说是要治国安邦，这个我个人觉得好像很淡漠。那还是得有个好皇帝，还得用人，还得会用人，人人发挥他的正当才能，然后天下、国家都安了，这大概是《水浒传》的政治思想。到底它讲的是不是这个，这是个问题，大家可以思考。

咱们再归到《红楼梦》。宇宙、天地、万物、社会、政局、人生，没有曹雪芹没想到的。曹雪芹想出一个根本性的“情”字，说如果人没有真情，他不可能有好的关系，一切都是假的。这个说法对不对？能有多少现实性？我是说，曹雪芹这个大文学家在对几千年历史文化的探索之中，没有找出他认为最合理、最有效、最高尚

>> >《西游记》里边就是说为了寻求到真经，历的那个险、遭的那个难，本身没有什么特别阐发的思想。

的一个出路，于是他想到，是否这个“情”字历来就被忽略了、被歪解了？一说起“情”就才子佳人、男女关系，我那个“情”跟这个“情”不是一回事，我这是为“千红一窟（哭）”“万艳同（杯）”。没有人理解我，骂我；我甘心，我愿意。

我讲清楚了吗？

我把我的真实想法说出来，大家自个儿去分析！

第五节

“四大小说”的地位

中国古典“四大小说”当中，实际上有“三大小说”是明代的——一般这么认为，今天的所谓“四大小说”，是把《红楼梦》这部清代大著作搁在里边了。我想起美国普林斯顿大学一位专门研究中国小说的学者——实际是研究比较文学的，他写了一部很厚的著作，书名就叫《明代小说“四大奇书”》。他是怎么定的呢？历史原因、社会原因、学术原因，都包括在内。大家趋于一致，讲起来方便，代表性又最强，就是《三国演义》《水浒传》《西游记》《金瓶梅》。因为是明代，还不涉及《红楼梦》的问题。这个很耐人寻味。现在的“四大小说”，是用《红楼梦》替代了《金瓶梅》，各就其位。我觉得这个事再好没有了，不会发生什么异议。再举别的例子，比如说五四时代胡适先生提倡白话文学，他作序、做考证，让亚东图书馆选印了很多古代小说名著，其中有《儒林外史》，还有一部是他挖掘出来，大家原来并不熟悉的《醒世姻缘传》。可今天想一想，《儒林外史》尽管价值也很高，并不在我们的“四大名著”之中，它毕竟要低一格。《醒世姻缘传》，还有更晚的《海上花列传》，许许多

>> >《儒林外史》尽管价值也很高，并不在中国古典“四大名著”之中，它毕竟要低一格。《醒世姻缘传》，还有更晚的《海上花列传》，许许多多，都不能算数。图为《醒世姻缘传》书影。

多，都不能算数。“四大名著”的身价并非人为的、强拉在一起的，大家在它的历史因缘、社会因缘和学术评价上取得了共识。

另外，为什么叫“四大奇书”？第一，“四大”者，基本上是以百回为主，甚至有超过百回的大书，这个“大”字是由这里来的。因为我们后来发现，清代、明代的小说，二十回已不算小，十二回、十四回，十几回相当多，在这个情形之下才能体会，百回大书这个“大”字是当之无愧的。怎么叫“奇书”呢？就是说原来写人、写事、写历史，都没有这么内容丰富、富有传奇性，所以令人耳目一新、百读不厌。

“四大小说”的地位不是某个人定的，也不是某一个时代定的，现在已经成了共识，海内外学界，包括研究中国小说的比较文学专家，都已经这么承认。再补充一段跟我个人经历有关的事情。“文革”的时候，我被关进牛棚，1969年发到湖北干校。1970年，周恩来总理特别把我调回北京，说是你们要赶紧出“四大小说”啊。因为书店里没有书，我们这才忙起来。当时我所在的那个出版社，也是刚从干校回来的代社长，他为难了，说仅仅出书还容易，但书前面是不是得有一个导读性的前言？当时出版的风气是必须告诉读者有什么意义、什么叫正确，如果写不出来，那怎么出书呢？当时的一位领导听到后说，你们写不出前言来，那不写前言行不行啊！这“四大小说”的地位还会有疑问吗？还会有转移吗？我回忆这个事情，意思是告诉诸位，在海内、海外，我们中华文学里边的这四部伟著的地位是不可动摇的。至于每一个人对它们究竟怎么看、爱不爱，我们这些人的所谓见解，到底有可采无可采，诸位一定要动脑筋——为了我们中华文化动脑筋，不是为了张三、李四。

讲后小记

清代有一位小说评点家，名叫张新之。他说《红楼梦》是借径于《金瓶梅》，脱胎于《西游记》，摄神于《水浒传》。这一见解前无古人，却有识见。当然他说的是否完全正确，我们是否从根本上同意他的看法，这都可以讨论。

我所以佩服他的缘由，在于他确实看出《红楼梦》是继承了以前的小说名著的特点，其中有一条联系线路，也就是这部超越前人的伟大名著并不是凭空而全出于自造的，暗中都有所“本”。然后，在这种继承和脱化的同时，又加上了自己的独创，也就是说化旧而生新。比如尽管《水浒传》里已然有真假宋江、真假李逵的设计，但毕竟分量很小、作用不大。而到了《西游记》里，几乎处处都突出了这个真假的对比——不但孙悟空有了真假，假悟空就是那个六耳猕猴冒充孙悟空，就连铁扇公主借给他的芭蕉扇，竟然也有真假的大关目。再看西天如来佛宝殿也有真假，假的是妖怪变的，如此等等，不必罗列。

这个设计就明显地被曹雪芹继承而运化起来。人人皆知，有甄宝玉，才有贾宝玉；有贾雨村，才有甄士隐。而太虚幻境门前的那

>> >《西游记》里，几乎处处都突出了这个真假的对比——不但孙悟空有了真假，就连铁扇公主借给他的芭蕉扇，竟然也有真假的大关目。图选自清代佚名《彩绘全本西游记》。

副大对联，更是特别强调了真与假的难以分割的结伴关系，这一点才是《红楼梦》继承《西游记》最好的例证。

我在节目中已然提出——悟空和宝玉都是由石头而生的。在此我再补充几句，石猴因有了灵性，所以才称为“灵猴”。灵猴本来在山中为王，十分快乐。可是有一天，忽然心中感到不快，俯视人间，不知为何眼中落泪，于是想到人间去做一番事业。大家看女娲补天遗留下的那块大石，恰恰也是凡心顿起，要投胎入世去经历一番。可知曹雪芹的文心创意所受于《西游记》的影响是多么明显而巨大，其他的就不再一一列举。

末后我再提出节目中未能说清的一个重要关目——《西游记》里取经往返经历七十二灾难，写的是一个历程，这是显而易见的。到了《红楼梦》里，曹雪芹实际上也给贾宝玉设计了一个历程，而那却是隐在书里，并非显而易见的。贾宝玉经历了一个什么历程呢？当然不会是照葫芦画瓢地也写多少难，那就太可笑了。

《红楼梦》里写的是由石变人的贾宝玉经历了三大历程——一曰，禅悟；二曰，道悟；三曰，情悟。这在书里写得历历分明，脂砚斋也批得十分清楚。所谓禅悟，就是由听《鲁智深醉打山门》这出戏的一支曲子而引起的。我在讲的时候已然提到，并且念了那一支《寄生草》曲子，宝玉的禅悟就由此而起。那么，又何为道悟呢？就是贾宝玉因和众女孩闹了一点儿别扭，心中不快，偶阅《庄子》，便乘兴续了一段《南华经》，此即道悟。然而“两悟”都是暂时的，事过境迁，他都忘了，还是依然如故。第三个情悟又何为呢？就是宝玉在梨香院看到龄官与贾蔷的那一番情景，他这才明白人与人各有情缘，不能勉强。这种情缘，书中词语叫做“分定”。

>>> 石猴因有了灵性，所以才称为“灵猴”。灵猴本来在山中为王，十分快乐。可是有一天，它忽然心中感到不快，俯视人间，不知为何眼中落泪，于是想到人间去做一番事业。图为孙悟空拓片。

这种“分定”好像“上有天意，命中注定”，是无法改变的。最后，他到底对这“三悟”，悟到了什么呢？答：曰“诚”，曰“信”。我说这话，根据何在？可以重温《红楼梦》原书接近第八十回末的《芙蓉女儿诔》。在这篇动人的祭文中，曹雪芹才首次提出了“达、诚、申、信”四个大字。

大家可能又问，什么叫诚？什么叫信？我又答：诚就是真情，信就是真意。一句话，曰“诚”曰“信”，都是一个“真”字的变词，懂得了这一点便恍然大悟——《西游记》是要求真经来破假法。所以我前面说明唐太宗已然下了一个“诚”字，而《红楼梦》写“达、诚、申、信”正是为了强调一个真情实意，以此来破除一切假的、伪的、骗人的东西。

由此可见，《西游记》与《红楼梦》两书从表面看，是如此的不同，怎么也找不到它们的联系何在。可是一旦懂得了这个“诚”与“真”，相信我所说的《红楼梦》不是凭空生造出来的，是有继承、有发展、有变化、有生新的，也就豁然开朗了。

上面刚说过贾宝玉也有他的灾难历程，所谓禅悟、道悟、情悟，这是最初的一些小引述，还不能成为真正的灾难。若按曹雪芹原书的设计来看，至少还有三种性质的劫数；这从“通灵宝玉”背面所镌的字就可以证明。第一是除邪祟，这应在了马道婆用邪法几乎把宝玉置于死命上。那么第二呢？玉上说的是疗冤疾。看看，这样简单的字眼儿也完全透露了这种事故的重大。我个人揣想，第八十回之末已然写了晴雯的冤死，宝玉为此写了一篇惊心动魄的诔文，那么，晴雯之后就没有含冤受屈而被害死的女儿了吗？恐怕不是那样简单。简而言之，由于这些屈死女儿的冤案，使宝玉的思想

>> >《水浒传》抓住了一个精神核心，叫做“义”——梁山泊的大厅就叫聚义厅;《红楼梦》的精神核心又是落在哪个字上呢？答曰“情”。这个“情”字要正确理解。图为电视剧《水浒传》剧照。

感情所承受的压力一个接连一个，他在精神上已然承受不住了，于是他陷入一场大病之中，几乎致命。这才是冤疾的真正意义。然后再看第三条，说的是能“知祸福”。我们的感觉，虽然祸福并举是个复合词，却往往是复词偏义，这第三条“知祸福”偏义的重点，实在是一个“祸”字。可以推断，日后贾家因朝廷政局的株连而突然败落，正是“忽喇喇如大厦倾”，以致“家亡人散各奔腾”，这才是宝玉所经历的最大灾难。他由一个自幼娇养尊贵的公子哥儿一下子变成了入狱的罪犯，然后沦落为无衣无食、没有住处的最穷苦的人，到处遭受世俗人的白眼。这三大灾难历程，才最终构成了那块大石投胎入世的全部感受。

《水浒传》写的是一百零八位绿林好汉，曹雪芹在《红楼梦》中对此是又继承又翻新。他明明白白地是要和《水浒传》作一副最工整的对子。他说，你写的是男英雄，我偏要写女性巾帼英雄。为此他还创造了一个前所未闻的名词“脂粉英雄”。而这脂粉英雄的人数恰好也是一百零八位，这才是曹雪芹对于《水浒传》最重要而又最伟大的一种接续和拓展。清醒一点来思索观照，这才明白，说《红楼梦》空前伟大，就在这一点上显得最为明白不过。

这样，《水浒传》抓住了一个精神核心，叫做“义”——梁山泊的大厅就叫聚义厅；《红楼梦》的精神核心又是落在哪个字上呢？答曰“情”。这个“情”字要正确理解。上面说过的有一个“情悟”。那事例只是龄官和贾蔷二人的事情，因此不要误会《红楼梦》的“情”只是男女二人情缘的小故事，它比这要崇高博大千倍万倍。大家会说，这个千倍万倍未免太夸张了吧。我说，别忘了宝玉在太虚幻境里所领受的教训就是为“千红一哭”，为“万艳同悲”。请问这比《水浒传》的“义”要崇高博大到多少倍呢？说千道万，正是要人们充分领会这个“情”字崭新而又至关重要的精神核心。

长久以来流传的《水浒传》通行本俗称七十回本，是批书者金圣叹把原书的后半部给割掉，而剩下的一个本子。人们有点诙谐地说，这是个“腰斩本”，而《水浒全传》虽然也整理出版过，但至今不能流行。无独有偶，《红楼梦》真书恰好也是个“腰斩本”，人所尽知。现在《红楼梦》所谓的八十回，是被高鹗等人腰斩后的结果，后四十回是腰斩者炮制出来的伪本。《水浒传》有一个卷末的忠义榜，排列出三十六名天罡、七十二个地煞。而《红楼梦》原书卷末也曾有一个全部女儿的人名榜，叫做情榜。照我看来，贾宝玉在太虚幻境所见的三个册子，每册十二名，不过三十六个人。然而这个三十六也不是偶然的设计，正是对应着《水浒传》天罡之数而来，那么剩下的还有七十二名次要的“脂粉英雄”，也正符合地煞之数。两书各为一百零八人，先后辉映，精彩万分。当时的另一小说《金瓶梅》，原本只是从《水浒传》里分出来的一个小旁支，也就是西门庆的故事。这是中国小说从写朝廷、社会而转到一门一姓家庭的首例。《红楼梦》专写贾氏一族的故事，即从《金瓶梅》脱化而来，这是继承的一面。而西门庆的故事是写一个“欲”字；到了贾宝玉这里，作者的全副精力都在写一个“情”字，这又是有继承又有翻变、生新的好例子。因为“欲”是占有的、自私的、肮脏的，而“情”则是施予的、忘己的、高尚的。这种重大的分别，才是《红楼梦》的价值所在。然后又加上了孙悟空石猴和贾宝玉顽石变人的继承和翻新，这些迹象十分明显。所以无所继承、没有雄厚

>>>《红楼梦》专写贾氏一族的故事，即是从《金瓶梅》脱化而来，这是继承的一面。图为《金瓶梅》插图。

坚实的基础，也就不会有什么推陈出新。

多年以来，评论家大都认为《红楼梦》是封建社会的挽歌，这种看法自有其所见所思。我的感觉，如果全书是那样一味感伤、悲痛、消极、失望等一类的情感主调，那么《红楼梦》还谈不到是一部最伟大的中国小说。其真正的价值意义是作者曹雪芹首次提出了真、善、美这个大主题，然后又写出了真、善、美，惨遭歪曲、破坏、毁灭的历程。看他为痛悼晴雯而写的《芙蓉女儿诔》——《红楼梦》全书只是写到此处，才出现了对那些歪曲及毁灭真、善、美者的激烈而愤怒的鞭笞，不再含蓄委婉。因此，我要说读《红楼梦》，如果只看到所谓“挽歌”的消极的一面，而丢失了勇敢的、积极的重要一面，那就是还没有真正读通《红楼梦》。

所以，与其说《红楼梦》是对所谓封建社会的一曲挽歌，不如说是对假、恶、丑的一道檄文。

第六讲

《红楼梦》之“本”

这么多的听众朋友到来，非常高兴交流一下我们的思想感情。大家希望从我这里听一些关于《红楼梦》的高论，对我抱有很大期望。但愿我能够讲得有一点内容，还不至于让人打瞌睡。我能否做到这一点，难以保证。我现在的精力、脑力没有办法跟当年比了。我们双方努力，这是一种合作、一种交流。我们是完全平等的交流，希望大家能够在我讲完以后，多多提问题；我讲得不对，可以提出不同见解，互相切磋，予以指正。这是我们共同为文化而工作的基本精神。在这样的心情下，在这样的好天气——晓春的天气还没有完全过去，我们欣逢盛世、衣丰食足、无忧无虑，才有余暇来考虑文化问题、享受精神成果，这不是简单的事情，所以我们不是在这里休闲、解闷。

我说到这里就很激动，就不要说再往下讲了。

我的一生，写文章、做演讲，从来没有底稿，这次我要多负一点责任，特别写了一个提纲。我一坐在这里，千头万绪涌起，头脑就不太管用了，讲得又乱，又没有条理。我写了提纲，但我的习惯很特别，提纲摆在这里不想看，我想把要讲的东西从心中流露出来。即使是我的提纲条理很分明、很“正确”，我也不愿意照本宣读，我不喜欢那个方式，那个东西太死，咱们是随便交谈。

《红楼梦》的主题内容复杂万分，而我的知识如此有限，在有限的时间之内，我只能向诸位谈我个人的见解。这也就是“周汝昌心目中的《红楼梦》”，主题明确了，就是我怎么看《红楼梦》，不涉及其他学者、专家。这听起来很简单，实际上也很麻烦，从哪里说起？

我研究《红楼梦》已有五六十年，这五六十年头脑中装的有关《红楼梦》的问题那还能说得尽吗？不要说万言难尽，就是百万言也难尽。今天坐在这里说什么呢？总得找一个切入点，“切入点”那是时髦的话，当年弄红学的时候不懂这些新名词。

第一节

曹雪芹其人其书

一

我们今天定的题目是《曹雪芹其人其书》。这个题目很大，这题目本身也很有吸引力，这就是曹雪芹本人的人格魅力、号召力。一般人一提起曹雪芹来，就有一个印象——说曹雪芹这个人，特别是专家、研究者，总是一直在说，他这个史料太缺乏了，我们知道的太少，没法讲，也没法给他作传，这是一般的说法。

既然如此，人们就问我——据你来说曹雪芹的史料又如何呢？我粗略地统计了一下，曹雪芹的朋友、至交和他同时代的人给他留下来的，就是有关曹雪芹的诗，至少也有十七篇。明明白白写明了是给曹雪芹的，再加上我们的所谓考证结论——题目里边虽然没有明白写清，这是我给曹雪芹的，实际一看内容，一加考证，说明这个就是给曹雪芹的。那这样子呢，起码还有三首，或者说更多，这样加起在一起就是二十首，这算少吗？

诸位可能下面就要接着问我，这些史料都是什么样的呢？你

>>>《曹雪芹其人其书》这个题目很大，这题目本身也很有吸引力，这就是曹雪芹本人的人格魅力、号召力。图为当代盛扬《曹雪芹像》。

说一说我们大家听一听。这个我想在座的有人比较熟悉，曹雪芹这个人，当时他家世的身份是内务府人。内务府人都是汉族血统，身份是包衣人。“包衣”是满语，就是汉语的奴仆，他的身份在当时对皇家来说，是很低的、很微贱的。雍正皇帝骂曹家人就是下贱之人。可是，他的这部《红楼梦》问世以后，当时还是传抄本不是指那个印本，皇族重要的家世大概家里人人都有一部。他们的子弟都在那里偷偷地看，这不是公开的，不是光明正大的。说这是经典著作，像我们今天这样的概念，完全不是。可是呢，他们偷着传抄，得花好几十两银子，藏在家里没人看见的时候来读，读完以后非常受感动。也就是说，对于其人其书都发生了浓厚的兴趣，就像我们这样一个样子。

我刚才说，他是包衣人——皇家奴仆的身份，可是记载他的人都是了不起的。我举三个，诸位听一听。清代在关外的历史我们不多涉及，入关以后第一位皇帝是顺治，顺治年纪很小，是一个小孩儿。他得找一个帮助他的人——叫摄政王，这个人满语名字叫多尔衮。我想大家都知道，通过看电视、电影知道这个人。多尔衮是曹家的真正旗主，就是主子。那个时候主奴的分别非常严格。多尔衮古称九王爷，现在北京东直门外的新中街，那个地方还有九王爷的坟墓。后来他的坟被掘出来了，那个棺材板有一尺厚。你们大概说这样讲曹雪芹，这叫干什么呀？不，我们一下子就回到主题。多尔衮是努尔哈赤就是清太祖的第十四子，清太祖有三个幼子——八王、九王、十王。八王阿济格，“阿济格”本身满语就是小儿子，没想到小儿子底下还有两个——九王多尔衮、十王多铎。我先交代这三个幼子，还有他们的后人。每一个幼子的后人，都敬慕、称赞这位曹雪芹。他们都是主子，对这个奴隶发生了如此的敬佩之情，这究竟是怎么回事？

这个历史现象非常有趣，所谓有趣也就是说，它包含着深刻的意义。

刚才是说多尔衮，这个事情说起来很费事，不说又不清楚。多尔衮是九王，那么上面这个八王是怎么回事呢？八王叫阿济格，他的后人中有敦诚、敦敏两位兄弟。他们两个人是曹雪芹至好的朋友，留下来的诗，主要是这两位兄弟的。看看，这是怎么回事，真是有趣极了，也就是说，多尔衮、阿济格都是他们当年的主子。底下就说到十王爷，十王爷叫多铎，他被称为裕王，刚才说的阿济格叫英王。裕王多铎的王府在哪儿呢？就是北京现在的协和医院，多铎家里世代的管家也姓曹，把曹家的后人和我们的所谓考证，结合起来一看。裕王府里边正式的大管家，和曹雪芹的祖辈是一家的，都是从关外铁岭随着皇家入关来的。多铎的后人跟曹雪芹又有什么关系呢？大有关系，就是裕王多铎的后人有一位叫裕瑞——“裕”就是富裕的“裕”，“瑞”就是祥瑞的“瑞”，他写了一部书叫《枣窗闲笔》。可能他窗外有一棵大枣树，他在那里写随笔，所以他的书名叫《枣窗闲笔》。他没事，他是宗室，不做事就可以拿钱两、有饭吃。这里边大量地记载有关《红楼梦》的情况，提到曹雪芹其人——长相、脾气、性格。只有裕瑞给我们留下了几句话，很生动，这个太宝贵了。我现在还没有说它的具体内容，就是说我首先要告诉大家，看一看，给我们留下史料的是这些人，这个惊奇不惊奇，这可不是一般人。

曹雪芹这个人到底有什么特点、特色？大家都希望了解一下，

>>> 多尔衮是九王，那么上面这个八王是怎么回事呢？八王叫阿济格，他的后人中有敦诚、敦敏两位兄弟。图为多尔衮像。

他有很多不寻常的特点，真是与众不同。先说一说他的为人，我刚才说的那个《枣窗闲笔》，裕瑞写的。他的亲戚就是富察氏，富察家跟曹家有千丝万缕的关系。曹雪芹生前给富察家做过西宾，就是当过师爷。裕瑞的长亲是富察家的人，亲眼见过曹雪芹。大家听听裕瑞怎么描写曹雪芹，裕瑞说——头广、脑袋大、色黑。这个很奇怪，曹雪芹长得不像书里的贾宝玉，面如秋月，色如春花。说他色黑，我们可以想，裕瑞的那个长亲看到他的时候，曹雪芹已经又贫又困，无衣无食，受风霜饥饿大概就黑了。善谈，能讲故事，讲起来是娓娓然终日。他讲一天，让人不倦。大概大家都围着他——讲啊，那《红楼梦》最后怎么样了。我们想象的就是这个情景，曹雪芹就说了——我给你们讲，你们得给我弄点好吃的、好喝的。他喜欢什么呢？南酒——就是绍兴酒，他是喝那个酒；吃什么呢？烧鸭。我也不知道曹雪芹吃的烧鸭是怎么做的？是否就是北京全聚德的烤鸭？不一定，他没钱吃啊。所以他才说——你们要给我弄南酒、烧鸭，我给你们讲。讲条件，我想那个烧鸭一定是非常好吃，我们没有这个口福。那时候做菜，特别是旗人，简直考究到万分。这是裕瑞记下来的，从来没有第二个人能够亲见亲闻，知道曹雪芹的这些细节。这是真实的，这个很宝贵，所以我先说它。

第二个比较重要了，就是“常州学派”的一个大儒。他生活的时期大概是清代乾、嘉、道三朝，他的见闻最丰富。有人拜访他，忽然谈到《红楼梦》这个主题，那么自然就要谈曹雪芹其人。“常州学派”的这位大儒叫宋翔凤。宋翔凤给他们讲了一段故事，是他在北京听到的。这个我们都有考证，他们这些传说都有来源，都跟旗人、内务府有直接或间接的关系，都不是空穴来风。那么他讲的是什么呢？他就说曹雪芹放浪。他这个性格放浪，“放浪”是王羲之的《兰亭序》里边用过的话，就是不拘常理。晋朝人往往有点狂放，不拘一格，不讲常理。就是说他的举止言谈，有些世俗人看不惯，他就是这样一个人。既然是放浪，有超乎常规的这种行为，他的家长害怕了，因为他们的家世经过不定多少次的政治风险。大家看《红楼梦》里边贾母的话，我嫁到你贾家来，入了你们贾家门五十四年，大惊大险我都经过了。这都不是闲话，这都是曹家的事，大惊大险。哪个政治问题要牵连上，都可能有灭门之祸，导致家破人亡。家长一看，曹雪芹这种行为要惹祸，没有办法把他锁在一个空房里，就给圈起来了。这个圈也叫“禁”，两个字也连用，是八旗人用来整治他们家子弟、皇帝整治大臣的，就是说还宽大，我不杀你，可是我得把你禁进来、圈起来，像养猪一样。有个圈，不许你出这个圈，那叫“圈”。曹家这个家长不知是不是他父亲，不知道，他说的是他的父辈，把他锁在空房中。宋先生的原话，说是“三年遂成此书”。曹雪芹没有办法，他要过精神生活。就是说，他在空房里边开始写小说，三年后《红楼梦》写成了。我只能先传达宋先生的这个原话，是否如此整齐？整整三年？是否《红楼梦》的写作完完全全就是从进了空房，一直到出来？当然不是，那就太死看书了。这个说法我认为很重要，就是曹雪芹没有办法，他太痛苦了，在空房里大概有给他送饭的人。总得给他东西，你给我几张纸、一点笔墨，我练练字。他不能说我写小说，你看当时的情景，他这个放浪生活，到底猜测出都是些什么呢？我们不能瞎编，其中有一条大概可信。就是从另外一个渠道、一个记载，说曹雪芹“身杂优伶”——他是跟唱戏的人在一起混。唱戏的在今天那太可

期於盡古人云死生亦大矣豈
不痛哉每攬昔人興感之由
若合一契未嘗不臨文嗟悼不
能喻之於懷固知一死生為虛
誕齊彭殤為妄作後之視今
亦由今之視昔 悲夫故列
敘時人錄其所述雖世殊事
異所以興懷其致一也後之攬
者亦將有感於斯文
徵明識

>>> 曹雪芹个性放浪，“放浪”是王羲之的《兰亭序》里边用过的话，就是不拘常理。晋朝人往往有点狂放，不拘一格，不讲常理。就是说他的举止言谈，有些世俗人看不惯，他是这样一个人。图为明代文徵明《兰亭修禊图》。

永和九年歲在癸丑暮春之初會
于會稽山陰之蘭亭脩稧事
也羣賢畢至少長咸集此地
有崇山峻領茂林脩竹又有清流激
湍暎帶左右引以為流觴曲水
列坐其次雖無絲竹管弦之
盛一觴一詠亦足以暢敘幽情
是日也天朗氣清惠風和暢仰
觀宇宙之大俯察品類之盛
所以遊目騁懷足以極視聽之
娛信可樂也夫人之相與俯仰
一世或取諸懷抱悟言一室之內
或因寄所託放浪形骸之外雖
趣舍萬殊靜躁不同當其欣
於所遇暫得於己快然自足不
知老之將至及其所之既惓情

贵了，名演员、艺术家。当时不是这样，是其贱无比，叫戏子，良家都跟他不来往，更不要说通婚。这样的书香子弟曹雪芹——八旗公子哥儿跟戏子混在一起，简直就叫不孝行轨。

正像《红楼梦》里边的贾宝玉，交结蒋玉菡、琪官，就是那样。宝玉挨打就是因为这个吗？也不完全是因为这个，但开头的起因就是他交结了别的王府的一个戏子。曹雪芹不但交结戏子，他自己还粉墨登场。这个有趣极了，我们想想这个大才子，如果他在舞台上表演起来，要轰动北京九城。我认为没有问题，大家想想在前门外广鹤楼，他一出台，当时看戏的都什么人，都是八旗贵族子弟，那还不一眼就看出来——好，这个曹雪芹，一方面佩服他那个才貌、那个艺术风格，那迷人得很；一方面马上就传出说这谁家的，他怎么干这个。那家长一听，简直受不了，赶紧就把他关起来了，就是这么回事。

这个是他少年时期的一种行为，到了后来他创作《红楼梦》时是否还是如此？还在空房？当然不是了，他自由了。自由了的他条件又如何？这个我们从另外一个方面议。还有一个诗人，他姓潘，是南方人，叫潘德舆。他写了一部书叫做《养一斋诗话》，这个不细说，不在我们本题。但他另外一部笔记小说，叫《金壶浪墨》，里边涉及《红楼梦》和曹雪芹。有几句非常要紧的话说一说，他的时代当然比曹雪芹要晚一点，但是他的见闻也还是可靠的。他说曹雪芹写《红楼梦》的时候，穷得——他这间屋子里边什么都没有，就有一个桌子。这个桌子大概就像个小茶几似的，有笔砚，其他什么都没有。连作书的——今天叫做稿纸，当时连这纸都没有。怎么办呢？曹雪芹就把老皇历——就是废了的，他把这个皇历拆开了以后，页子是双面的，他这么反过来一折，又写字了。看看这就是写作的条件，曹雪芹写作《红楼梦》大致的物质条件，潘德舆算是说了一下。

其他我们所能知道的，就是他能画。他的好朋友敦诚、敦敏留下来的诗里边，把他的能画、好喝酒一起写了出来。写诗、吃酒，过去的文人总是连接在一起的，曹雪芹也不例外。敦诚、敦敏的诗里边总是把诗酒作为一副对联，那么题、那么咏。你们看看，画、诗，作画、作诗，敦诚、敦敏佩服曹雪芹的不在其他，是在诗、画。首先说他的诗，其次是他的画。喝酒那是另外的事，那是生活上的，跟文艺有关，但不是一回事。

敦诚、敦敏的诗里边，常常把这三者连在一起。有一副对联说是"寻诗人去留僧舍"，这是什么意思？曹雪芹寻诗，他去找诗的境界、诗的材料——"寻"，寻找。"人去"，他出去了——这个人就是曹雪芹。寻诗的人，离开了家，到外面去，去西郊，到处都是诗景。"留僧舍"，天晚了，回不了家，那一下子不知道跑西山哪儿去了，只能留宿僧舍。"僧"，和尚，"舍"就是房舍的"舍"。下句呢——"卖画钱来付酒家"。曹雪芹卖画来了收入，他这个钱做什么用？还那酒账，他不能每次拿几文钱到小酒店里买酒，他没钱就赊着，他每天得喝酒。他卖了这几张画收点钱，然后再到酒店还了账，好下次再赊，就是这样。还有说他穷得举家食粥——粥是稀粥，这个时候他已到西山了，也就是说他晚期的生活里，一直没有脱离这么一个困穷的处境。

曹雪芹还有什么特点？高谈阔论，那口才不但是讲故事，跟朋友他好议论。潘德舆用了一个典，是好议论国家大事这么一个典。

>>> 曹雪芹这个人和他的这本书，个性都很大，几乎是分不开的。讲其人是为了理解他的书，讲书呢，里边还包含着也是为了理解这个人。图选自清代孙温《全本红楼梦图》。

他大概就是这个嘴好说好谈，还不服气，好跟人辩论，就是雄辩阔论。曹雪芹在清朝乾隆二十四五年的时候，到南方去了，敦诚、敦敏非常想念他，也作诗。后来，这个敦敏忽然到朋友家去。明琳家有一个书斋叫养石轩，就是那个养石头的书斋，他到那儿访明琳。隔着一院子，有人大声高谈，一听就听出来了——雪芹，你回来了！他赶紧离开这个院子，跑到那个院子去，拉住曹雪芹。阔别了一年，想念得不得了，亲切无比。就像现在人拥抱一样，大家看看，朋友对曹雪芹的这种感情是一般的吗？如果曹雪芹没有魅力，不让人钦佩绝倒，他会有这样亲切无比的举动吗？也不过一年没见，就那么一听声音，哎呀，这就坐不住了，赶紧去，拉住了，呼酒！这都是原文，马上摆上酒，酒来了，话旧事。他从南京回来，要听他说一说他们家南京的旧事，"秦淮风月忆繁华"。他是这么一个人——我们可以说他心胸开阔、光明磊落。

二

我们讲的是《曹雪芹其人其书》，上半截主要讲其人，下面主要讲其书。但是，这里有一个问题，这个人和他的这本书，个性都很大，几乎是分不开的。讲其人，是为了我们理解他的书；讲其书呢，也包含着理解这个人。他为什么作《红楼梦》这部书？又那么与众不同。他是怎么个人？他的头脑、心灵都是什么样子？我们主要的求知愿望离不开这。《红楼梦》的作者和《红楼梦》这个作品怎么能分得开？当然我不是说诸位要相信我的说法——它是自传，写的贾宝玉就是他本人，大家可以完全不同意。我的说法也不是那么死板，我是说大致是这样。他这个艺术作品里边，把贾宝玉作为一个最主要的主角，他要表现什么？曹雪芹主要是说自己的心情感受，这一点我觉得很明显，打开书就知道。这不是考证的问题，而是感受的问题。

我为什么这样起头呢？就是我上部分说的很多都是半截话。比如说我说潘德舆，他只说了曹雪芹的创作条件，除了一桌一凳什么都没有。他还有重要的话，他说我读《红楼梦》，读到哪个情节，我这个泪——就是用咱们变了的话，不要背书，“泪下最多”。他是个儒者，他不是一般的人，是个“小说迷”。听听他这个话，他还不至此。他说了，如果是说曹雪芹写别人——他那个话好极了，可惜我不能背，背了还得讲，咱们就说我的记忆。那个意思就是说，他写这个情，写得如此坦然。他说如果不是他心里掏出来的话，写张三、李四，像别的小说一样，或者是说编造了一个才子佳人。像曹雪芹开卷就说，他本来有几首艳诗、艳词，他为了发表这些他自认为很美的作品，才捏造两个人。那个都是浮光掠影，没有真的把他自己的心情注入里边，又怎么能表现出那个境地呢？潘德舆说，我由此知道，就是写他自己。

曹雪芹开卷就说：“我经过盛衰，锦衣纨裤，穿着绸缎，饫甘餍肥。”吃的是好酒好饭。可是呢，半生潦倒，一事无成。这个很宝贵，可是呢，既愧又悔，接着就说“悔已无益”。我已经这样了，我后悔，那又有什么用呢？但是我“愧则有余”，我真是太惭愧了！这个话的意思就是说，我本人这么不才、不学、不孝，无能为力，简直是不知道怎么说才好！我一文不值，我写我自己这些事

>>> 曹雪芹开卷就说："我经过盛衰，锦衣纨裤，穿着绸缎，饫甘餍肥。"吃的好酒好饭，一事无成。他又说我后悔，那有什么用呢？我本人这么不才、不学、不孝，无能为力，简直是不知道怎么说才好！但是下面这个转折最重要——如果我不写，"闺阁中本自历历有人，万不可因我之不肖，自护己短"。

有什么意义？但是底下这个转折最重要了，如果我不写，“闺阁中本自历历有人，万不可因我之不肖，自护己短”。就是说我这个人不成人形，这个我不能够写，我的家丑不能外扬。可是，我就是要写我所知道的那些亲见亲闻。“闺阁之中本自历历有人”——“历历”就是分明清楚，他下字眼儿，都不会随便下的。我要不写，我把这么多的闺友，他们的见识行止——“行止”就是行为，一些作为、表现都处于我之上，我不写出来，自己真是一文不值。同时也是把他们淹没了，这个怎么行呢？我心里怎么过得去呢？

因此，我才把我要说的这些经过的、那些隐去的事，敷衍成一段故事。大家注意这个字眼，“敷”就是敷开，今天一般人的用法就是敷衍了事、不认真、不负责，那叫“敷衍”；马马虎虎、敷敷衍衍，把事情定了。今天的理解就限于这个意思，其实不然，在曹雪芹那时候，这个“敷”是“铺”，“衍”是由此而推、开拓、展开的意思。这里边呢，当然就包含了艺术成分，不是记死账。那么诸位又问，今天来说这个干吗？不说这个，又怎么理解《红楼梦》？他到底是谁写的？这个问题首先要解决。

在我的立足点来说，我先得说这个。我不是说你们每一位都要同意拙见，毫无此意。

如果宋翔凤先生那个话是可靠的，曹雪芹基本上被关在空屋里，精神痛苦万分。自己的行为想法、精神境界，世俗人，包括自己家里的家长，都无法理解。我怎么办？我要一点纸，要一点墨，我写，就写我，写自传，那也不行。我得用一个艺术形式——“假托”，我怎么假托？我假托什么呀？“女娲炼石补天”。所以流行的本子，开头就有一段不算很短的“作者自云”。那是别人替他记的，可是二百几十年来，就混入正文，大家一开头就看这个。有的人就被这一段给卡住了，这叫干什么，这什么意思，不好看，没意思，就把《红楼梦》给合上。可是这一段很重要，它表示为什么要作这部书。“作者自云：因曾历过一番梦幻之后，故将真事隐去，而借‘通灵’之说，撰此《石头记》一书也。”

看看这句话——谁的事呀，我经历了这么一番，“梦幻”是个假词，这个事情如果过去了，那就是如同一场梦，就这么简单。他是为了掩护，可底下自己就泄露了，“故将真事隐去”，那个“梦幻”不就是这个真事吗？如果他真是梦幻的话，又何必隐去那“梦幻”呢？我经历了那个真事，我不能写。我现在把它隐去，我另外假托了一个女娲炼石，后来变成了“通灵宝玉”，用这么一个方式来写，作《石头记》一书。这个话多么清楚！这就是告诉读者，就是这么回事，我是在写我，但不能说是写我，我就说是写那块石头。而我经历的那些事，如梦如幻，我也不能够如实写，我得把它隐去。所谓隐去，不是一字不提，是变了，敷衍开来，就是所谓艺术化了，就是这么回事。这是整个人类艺术的一个大园林。如果用文学评论家的词语来说呢，大概就是说他写的人物栩栩如生。那个“栩”就是一个木字边，右边一个羽毛的“羽”。

当年毛泽东主席讲到《红楼梦》的时候，他认为曹雪芹把人物写活了，可以放到生活中当真人来看待。“如生”是像活的，还不是真活。我就喜欢咬文嚼字，可曹雪芹写的那些人物，不是“如生”，那个就是活的，就在那儿。那个言谈举止、声音笑貌，都是在你这儿，就在这儿。怎么回事，不是“如生”，简直就是生。我也不知怎么说了，我们有个老词，勉强借来用，就是说写得好、写

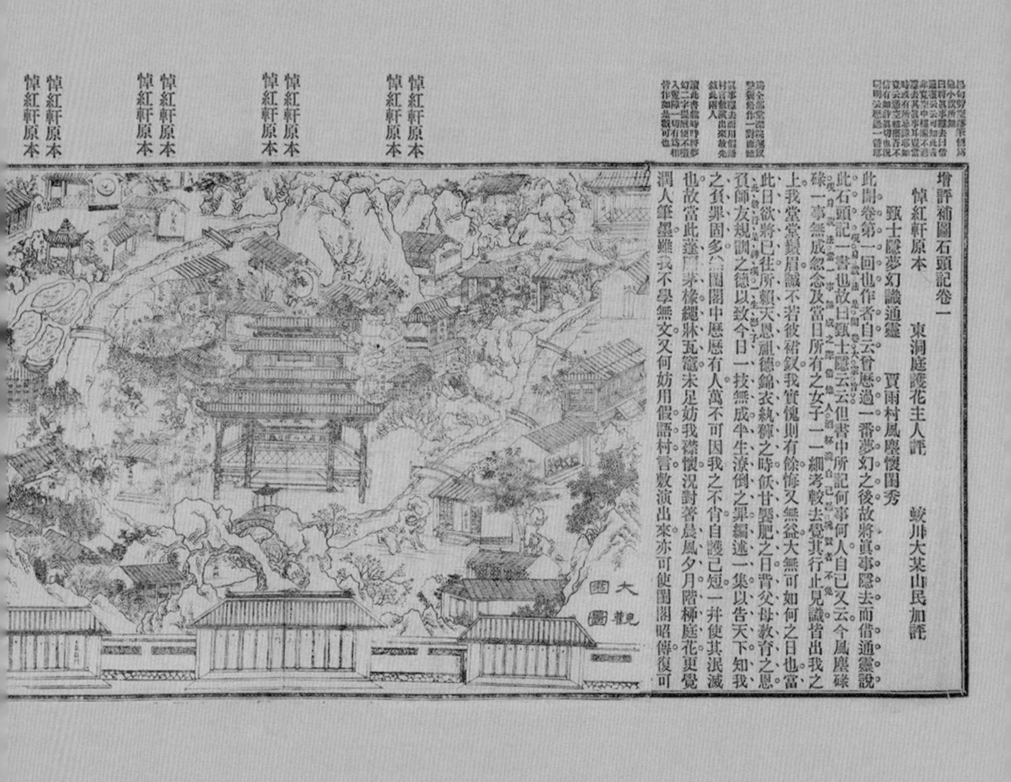

>>>《石头记》开头就有一段不算很短的“作者自云”:“作者自云，因为经历了一番梦幻之后，把真事隐去，借通灵之说，而撰此《石头记》一书也。”图为增评补图本《石头记》。

得活，那个人“呼之欲出”，呼——一叫他名字，他就来了，这个多好啊。可是今天的人，连这个也很少用。呼之欲出，叫的时候，来了——这凤姐、这黛玉、这宝钗。看看，这是一种什么神奇的力量，我也解释不了，但是我的感受是如此。让我讲其书，我从这儿开始，里面的故事呢，也不是讲了这个，那个就没事，好像傀儡戏。要猪八戒的时候，别的小木偶人都不动，老傀儡戏都是这样。

《儒林外史》就犯这样的病，一个一个地出人，出了这个人讲这个人的故事。这个人讲完了，没他的事，后来又出来别的了，谁跟谁也不挨着。《红楼梦》不是这样。它前边伏下，后面必有应；前面看表面是这一层意义，后面再一看——如果看到后面的话，恍然大悟，它是这样，两面。

这一大特点，别的小说里没有。

再有它的艺术特点，这是我创立的这个名词，这是我的说法，不一定好。一笔多用，又多笔一用，写这个主题目标，就用很多笔集中起来。这一笔，那一笔，后面一笔，前后左右。看的时候，不明白，认为这都无关；后来一看，这些笔，好多笔，都集中在这个目标上。全都是写他，好比画家，画一个人物，不是一笔就勾出来。今天勾一笔，明天勾一笔。有头，有发，有衣，有带，还有别的。最后这个精气神，完足，完美，这叫多笔一用。不但写人，写什么都是这样。写荣国府，多笔一用，冷子兴先讲，人还不知道什么，什么是荣国府，大家都不知道。他在扬州郊外小酒店里讲，一笔。然后谁进府，看大门什么样，一笔。然后林黛玉到了正堂，她抬眼一看，荣禧堂大匾，种种摆设，又一笔。我不能够罗列，这个道理诸位一听就明白。这个大院子，几道院子，就像看一张一张的

>>> 曹雪芹写送宫花怎么写，到惜春那儿——惜春说，哎呀，我刚才跟能儿说，我也剃个头当姑子去，你送的花我可哪儿戴。图为清代费丹旭《惜春作画图》。

照片一样。周瑞家的，从哪一个屋里接受的命令，分送十二枝宫花。她怎么走，经过谁的窗户后头，又出哪个角门，最后交给谁，回来还得复命，这是规矩。这是写荣国府的院子。当然，不是说这是唯一的目标。这个笔，那个妙，那个神。大家看到这儿的时候，只是简单地想，就是写这个。错了，这里写了好多事情，多少层次，多少人物。大家看看，写送宫花怎么写，到惜春那儿——惜春说，哎呀，我刚才跟能儿说，我也剃个头当姑子去，你送的花我可哪儿戴。一笔伏在这儿，后来惜春是出家。看到这儿，这句小玩笑话，谁也不管，一下子看过去。又到了谁那儿，比如说林黛玉，周瑞家的是王夫人的配房，跟这些人没有多少来往，她也不管这事，这是薛姨妈交给她的特殊差事。她无可奈何，到了林姑娘这儿。林黛玉第一句话是什么话？她一看花说道，我就知道那别人挑不剩的也不给我。听听，你们大家都喜欢林黛玉，我就不喜欢。你们说说，这样的话，人家周瑞家的听了做何感想。人家就是顺路一个一个送，人家也没有谁先谁后，还有个路线。人家谁也没有挑了，才剩下这个给你，又一笔——林黛玉的性情，一笔出来了。以后都是这味，例子太多了。咱们今天没有时间，假如有机会的话，我专门讲林黛玉这个嘴。

那么完了吗？没完，周瑞家的受命的时候，是薛姨妈在王夫人那里，老姊妹两个说着家常，等她回来呢，薛姨妈这时已经回梨香院自己家了。她没办法，又得到梨香院去，上薛家去交差。这个时候看见一个小丫头，这么一问，她知道了。这就是那一年拐子拐了去，薛蟠打死人命在南京应天府出现的那个小丫头。大家说说，她看见这个香菱，说了几句什么话？如果我记忆不错，问她，你几岁

>> > 男女的问题，一阴一阳，这是古来的天经地义。曹雪芹为什么重女轻男，那样在古代是犯错误的。到白居易作《长恨歌》的时候，有感于杨贵妃才说："遂令天下父母心，不重生男重生女。"到了唐代，白居易才指出这一点，说天下的父母内心都要生男孩，可是杨贵妃特别受宠，那样父母的心就变了，不重生男而重生女。图为元代钱选《贵妃上马图》。

了？你哪儿的人？周瑞家的表示，听了以后我这里还很难过。周瑞家的还是个好心肠的人，很可怜香菱。然后还有重要的话，说香菱长得那模样，有东府里小蓉大奶奶的风格。这些重要无比，这个我只能说到这里为止。我们今天没有那个时间，我也没有那么多精力。这个后文事情就多了，为什么要伏这一笔，大家看看，一笔多用，多笔一用，说得虽然这么粗，但已经可以看出。那支笔是那么神妙，出神入化，测不透，若读一遍、读三遍，我认为不行。

再一方面，就是我个人的感受，这里边用各式各样的方法来表现曹雪芹自己的心情。他为什么立志要写"闺阁之中""历历有人"，他为什么那么崇拜女性——他贬男子。说得很难听，不仅仅是那个水做的、泥做的。那些让人引得都成了俗套，我们今天不说那个。他说这个女儿本质好、才华好、德行好。写的男人，却都没有什么好的。我时常自笑，我们坐下来一讲，我本身就是个"须眉浊物"，我哪里能够深切体会女儿的心境。可是没有办法呀，我处在这个地位，只能这么揣测。

现在的问题，就是曹雪芹是否有毛病，这个男女的问题，一阴一阳，这是古来的天经地义。曹雪芹为什么重女轻男，那样在古代是犯错误的。到白居易作《长恨歌》的时候，有感于杨贵妃受到那样的宠爱，他才说"遂令天下父母心，不重生男重生女"。到了唐代，白居易才指出这一点，说天下的父母内心都要生男孩，可是杨贵妃特别受宠，那样父母的心就变了，不重生男而重生女。反过来了，这个话已经告诉我们，从来就是重男轻女。他要写女性，女性当时的命运，让他特别要写这个。

我的感受是曹雪芹写小姐、少奶奶写得固然好，栩栩如生，活了。但没有比写丫鬟，写得更精彩。他很悲悯这些丫鬟，当时从穷人家，大概十两银子或者还要少，就能买一个小女孩儿，养大了就是使女。俗话叫什么？你们就不太知道了，叫使唤丫头。买到府里做了使唤丫头，受着那个罪，那就不要说。曹雪芹看到于心实在……这个不是于心不忍，说同情怜悯都对，但是这个词句就显得太普通、太轻。他的感受真是没法表达——要写，写得那个真好，我们只能够夸奖赞美。没有现成的词我可以用上，他对女性的这种感情从哪儿来，也是有实际生活感受的。

我举一个例子，大家还都记得薛小妹"新编怀古诗十首绝句"吧？表面是谜语，每一首诗里边打一个俗物，就是人们日常中常见、常用的东西。实际上除了这个谜底以外，还有一层用意，这就是我刚说的——一笔多用，这正是好例子。我要说的是，第一首"赤壁沉埋水不流"，这是曹操的典故。曹雪芹的始祖，远的不说，从魏文、魏武始，魏武帝就是他们的老祖宗。这第一首是把曹姓表出来了。

下面有一首《淮阴怀古》，是说韩信的故事。汉代"三齐王"韩信，看看怎么说——"壮士须防恶犬欺"，"壮士"，大男子、大丈夫，他是没饭吃，穷了做乞丐，在别人家门那里要饭吃。这个看家犬，就要"恶犬欺"，这话从哪儿来？"三齐位定盖棺时"，这是说韩信后来发迹了，被封为"三齐王"。当年的时候他受"恶犬欺"，后来他成"三齐王"。第三句说"寄言世俗休轻鄙"，就是说我把话传给你们，常人听了韩信的故事，不要轻薄地鄙笑，人家后来是"三齐王"。当初他穷得几乎要讨饭吃的时候，受恶犬欺。可是不要看他受了恶犬欺，就去轻薄、鄙视，"轻鄙"是这个意思。第四句"一饭之恩死也知"，韩信少年穷的时候，无以为生，在城

>>> 薛小妹“新编怀古诗十首绝句”，第一首“赤壁沉埋水不流”，这是曹操的典故。图为当代沈嘉蔚、王兰《曹氏父子与建安文学》。

边那里钓鱼，大概是钓点鱼换点钱。那个护城河边有洗衣服的妇女，韩信是那么饿，八成要饿坏了，站不起来。有一个洗衣的女子，看见他太可怜，就拿饭送给他吃。这个韩信也很贪，人家给你一顿饭救活你就完了，不，他吃馋了，就天天到这个地方来，吃人家的饭。那个女的也真是一片真情，天天给他饭，这就成了典故。说又贪又馋，没什么出息。

写这个干吗？很显然，刚才我说的清代那些记载里面，就有无衣无食寄居亲友家的。亲友家常来他这样的人，人家也不欢迎。也有记载说，人家后来下了逐客令，你走吧，我们不养你——这个人就是曹雪芹，他饿得几乎就是韩信当初的那个样子。他亲身的经历，就有一个不知何人的女的，这样救济过他，否则的话他会饿死。所以，他一生难忘女子的才、智、德、恩。结果，他写出了这么一部顶天立地、万古不朽的《红楼梦》。

大家可能也都很关心这个——脂砚斋是何人？曹雪芹与脂砚斋有什么关系吗？脂砚斋定了这部书最后的大名称《脂砚斋重评石头记》，这是定名。这个定名是清代乾隆甲戌年，就是乾隆十九年（1754）那个年头，定下来的。那就是说曹雪芹同意把脂砚斋的评，作为这一部伟大著作的组成部分。这个带评的，是正式的《石头记》的定本。没有评的还是早期的草稿，应该是这样理解。仅仅这一点，诸位想一想，这个脂砚斋的地位重要不重要？太重要了。不是金圣叹批《水浒传》那样，后人读后把感慨、感想写在书上，不是。两人同时写，关系极其密切，你那儿作，我这儿就批，是这么一回事。批语是《红楼梦》的真正组成部分，这一点千万不要忘记，它不是附加文，不是可有可无的。

>> > 有一首《淮阴怀古》，是说韩信的故事。有一个洗衣的女子，看见他太可怜，就拿饭送给他吃。他天天到这个地方来，吃人家的饭。那个女子也真是一片真情，天天给他饭，这就成了典故。图为清代佚名《汉淮阴侯韩信》。

第二点我从他们的口气可以知道，就是他们的关系太亲密，不是一般的亲密。那里边许多的批语，是从女性的立足点而说感想。这一点也很清楚，那么这个又是怎么回事？从书里一找，某一场合，他批了，我也在场；芳官嫌热，我这儿也要脱衣服。这是谁呀？诸如此类，若干点弥合在一起，就是史湘云——史湘云的原型。史湘云出场，是在第二十回，第三十一回又出场，以前一字不提，这个史湘云出现在后半部中。明白了，所以脂砚斋说："书未成，芹……"一个字称"芹"，这是一种什么口吻？我称雪芹，别人还批评说应该说曹雪芹，人家脂砚斋称"芹"——"书未成，芹为泪尽而逝。余尝哭芹，泪亦待尽。"这是什么关系，能这么说话？"希望造化主，上帝你再造一芹一脂，我们二人亦大快于九泉地下。"这是什么话呀？我老老实实地告诉诸位，这要不是夫妻关系，他怎么能这么讲话呢？

这个正符合了许多条记载，《红楼梦》的真本，不是那个被高鹗篡改成一百二十回的。第七十八回以后的情节，跟今天的本子完全不一样。那后面湘云、宝玉贫穷到极点，几乎做了乞丐，最后千难万苦，忽然又重会，结为夫妻。敦诚、敦敏的挽诗里边有一个"新妇"，说曹雪芹死了，"新妇飘零目岂瞑"。这个"新妇"，让曹雪芹死了以后闭不上眼，"目岂瞑"，瞑不了。

这个人是谁呀？这些线索综合在一起，我才提出了拙见，脂砚斋就是帮助曹雪芹的那个女性，她甚至还提醒他——你不要写那个"风月宝鉴"，你写写我们女性。《水浒传》是写强盗，须眉男子开黑店。脂砚斋有大功，帮助曹雪芹整理、抄写、核对，此人功劳太大了，而其许多口吻是女性。

>>> 诸如此类，若干点弥合在一起，脂砚斋就是史湘云——史湘云的原型。图为清代费丹旭《湘云醉卧花丛》。

第二节

《红楼梦》中人

我没有想到今天有如此的盛况，我坐在这里感到很荣幸。我们选的这个话题如同作文一样三易其稿，可我能讲到什么程度却很难保证。我希望能够更活泼一点，这是我的开场白。

怎么开始呢？来的时候我在车里作了一首诗，我念一念，由这儿开始，使得气氛活跃一点。这首诗二十八个字，七言绝句，头一句是“中秋节过近重阳”，第二句是“济济群贤满一堂”，接下去是“难得红楼人物好，妄听评短又论长”。

这是什么意思呢？我是说曹雪芹写得太好了，怎么讲清楚他这部伟大的《红楼梦》呢？难事！我们有很多地方看不懂、看不透，我试着讲，所以是“难得红楼人物好”。第四句是说诸位妄听我评短又论长。这么四句一首诗，作为我的小引。

下面我想说的内容，涉及《红楼梦》人物这个主题，大致有三个方面。

第一方面，曹雪芹在《红楼梦》里边写的都是什么样的人物？如果不先把这个大前提弄得略微清楚一点，讲起来我觉得没有什么

>>> 曹雪芹写得太好了，“难得红楼人物好”。图为清代冷枚《雪艳图》。

>>> 大家关心的《红楼梦》中的这些人物，他们后来的经历、结局都是什么样子？图为现代陆小曼《林黛玉》。

意义。

第二方面，涉及曹公子写的这些人物，他是怎么的一个写法，发生了这样的魔力和魅力，让我们永远读不厌、说不尽，以至现在我们还坐在一起说这些人物。我想这个是更值得讨论的问题。

第三方面，诸位关心的这些人物，他们后来的经历、结局都是什么样子？我们的常识是，一百二十回全本是假全本，而后四十回是另外一个人写的，后四十回的情节、结局跟前边曹雪芹的原意并不符合。这在红学里成为一个专题，就是研究、探索第八十回以后有什么样的情节故事，这些人物有怎样的命运结局。这是我们非常关心的问题。

我们谈《红楼梦》的人物大致不外乎这三方面，而这三方面如果讲起来，并不是今天这样一点时间能够说清楚的。我只好就我的能力，以人物的内心世界为主，能讲到什么地步就讲到什么地步，讲不好，诸位多多谅解！

一

先说19世纪，记不清是哪一年了，一位德国读者，也可能是位学者，评论《红楼梦》。他说和《红楼梦》相比，《金瓶梅》里描写的那些男女人物是非常世俗、庸俗的；而《红楼梦》里描写的是“有高级教养”的人，它所反映的文化造诣、境界，远远不是我们欧洲文化所能达到的高度。

大家看这位德国读者真了不起，眼光这么高，看得这么透，他

>> > 和《红楼梦》相比，《金瓶梅》里描写的那些男女人物是非常世俗、庸俗的，而《红楼梦》里描写的是“有高级教养”的人。图为《金瓶梅》插图。

强调的是《红楼梦》的文化内涵。

因此，谈《红楼梦》中的人物，不能不涉及中华文化的若干问题。这不是题外而是题内的话。这么一来，讲起来就更困难，我还是试着讲吧！

我们可以引鲁迅先生的论述。他的红学观，高超得不得了，这个要专题讲，今天没有时间。但是涉及的《红楼梦》中人，他说的几句话，不管诸位听了同意不同意，我必须要引一下。他说（大意），曹雪芹《红楼梦》里的人都是真实的，这是第一点；第二点，曹雪芹的小说是写实的，八个大字“正因写实，转成新鲜”。其实，一般小说都是虚构的、编造的。这个，曹雪芹已经在开卷中评论过了，就是自己作两首艳诗、艳词、艳赋，于是乎捏造一男一女，一见钟情，然后出来一个小丑一捣乱，这就成了一部小说。明末清初，这样的小说多得不得了，车载斗量。

曹雪芹的话都是有针对性的，不是泛泛而言，没有一句闲话。既然如此，鲁迅先生提出的这个命题，我们今天同意不同意？有很多青年学者，因为受了西方文艺理论的影响，认为小说是虚构的。虚构者，没有那么回事，没有那个人。但是鲁迅先生说，不，《红楼梦》写实！而且“正因写实，转成新鲜”。以前大家没有见过真正写实的小说，一看这个写实，反而觉得新鲜。这是鲁迅先生强调的一个要点。

我们要把有关《红楼梦》人物的几个基本观念、概念弄清楚：第一点是文化教养特别高；第二点是基本写实，这样说并不排除艺术渲染、点缀、穿插，借用、运用已有的文学艺术作品，这一点其实是常识，不需赘述，可它仍然会产生很多的误会。

>>> 鲁迅的红学观，高超得不得了，涉及人物，他说，曹雪芹《红楼梦》里的人都是真实的，这是第一点；第二点，曹雪芹的小说是写实的，八个大字“正因写实，转成新鲜”。图为现代徐悲鸿所画的鲁迅和瞿秋白。

就《红楼梦》而言谁最权威？还是曹雪芹本人。他开头就交代说，我要写的，是当日所有的那些女子，这些女子的行止、见识皆出于我之上。他又说，这些女子是异样女子，与平常人有点不同。她们有什么特点呢？“小才微善”——小小的“才”，微微的“善”。他又说，她们没有班姑、蔡女那样独特的、出众的贡献，及才华、精神，这样的一群女子，是什么样的异样女子？

她们跟一般世俗、庸常、普通的女子不同，因此，才叫异样女子。这个不同在哪里？曹雪芹说，“小才微善”。什么样的才？什么是善？这个我们又要讨论。这点不基本弄清楚，就没法谈《红楼梦》的人物，这是个很普通的道理。曹雪芹又借贾雨村的嘴，说了一大段非常严肃高深的道理，人的禀赋是天地给的，禀赋是两种气——正气与邪气。正邪两种气遇在一起，互不相容，然后产生了一种正邪两赋的人。凡是这样的人，聪明、灵秀，出于万万人之上；他的乖僻、毛病又出于万万人之下。贾雨村还说，你们不晓得这样的人的来历，错把他们当作邪僻人物看待了。要了解这些人，必须有“格物致知之功、悟道参玄之力”。“格物致知”是孔门的教训，就是今天说的获得科学知识；“悟道参玄”跟孔门没关系，就是说中华文化的两大命脉，孔、孟之外还有一条——道家。他说的是对的，如果不从高层文化、精神灵秀方面去看待这些人物，就会误会，就会错解，就歪曲了这些人，甚至会说这些人是坏人。

我们还可以举很多，“小才”——我姑且拿“十二钗”做例子。曹雪芹几次用那个“才”字，我们可以屈指而数。探春——“才自精明志自高”；凤姐——“都知爱慕此生才”；元春——“才选凤藻宫”，她正月十五回了大观园，什么事都不干，就叫姊妹们作诗，她自己也作，她是个才女；妙玉——“气质美如兰，才华馥比仙”；秦可卿——人们认为她不是才女，不一定！她临死托梦给凤姐，她说“婶子，你是脂粉队里的英雄”！这个话没有文化的人说得出来吗？这是最高级的文学语言。“脂粉队里的英雄”——凤姐这个人物，到了后四十回，被高鹗弄成了世界上最坏的女人——破坏婚姻，还搞阴谋诡计……这是一百二十回假全本《红楼梦》给一般读者最强烈的印象。为什么凤姐能当得起这样一个称号？这有许许多多的内容要讲，要给王熙凤平反、申冤。

归到我们的话题，“才”是第一位的。“十二钗”大部分能够作两句诗，秦可卿最后托梦的结束语是什么？她告诫婶子说：“三春去后诸芳尽，各自须寻各自门。”这就是《红楼梦》的基本精神所在。“三春去后诸芳尽”，一个一个的女儿，最终都沦于不幸的命运、结局。

这么几层的女儿聚在一起，各有才华、才干，各有不凡之处。否则的话，曹雪芹不会写她们。但是到了那个时候，“各自须寻各自门”，风流云散，是大悲剧，不是什么哥哥、妹妹婚姻的不幸，好姻缘被一个坏人破坏了——那是高鹗的那一套，我们必须分清。大观园里边有一条命脉，叫沁芳溪。“沁”是用水浸泡、渗透；“芳”代表花，落花。大观园里的第一个情节是——贾宝玉坐在桃花树下，打开《西厢记》，细细品赏极美的文辞。看到“落红成阵”，一阵风来，把桃花吹下一大半，头上、身上、地上都是。这位多情公子受不了，他多情到什么地步？——不能踩，不能站起来，没有办法，就把花瓣兜起来，走到沁芳溪，抖在水里，看着那

>>> 曹雪芹几次用那个“才”字，可以屈指而数。探春——“才自精明志自高”；凤姐——“都知爱慕此生才”；元春——“才选凤藻宫”，她正月十五回了大观园，什么事都不干，就叫姊妹们作诗，她自己也作，她是个才女；妙玉——“气质美如兰，才华馥比仙”；秦可卿——大家认为她不是才女？不一定！图为清代费丹旭所画的《红楼梦》人物。

个桃花，落红残片，溶溶漾漾，流出沁芳闸外。这就是大象征，这就是大观园的真正意义。

我们对《红楼梦》的人物——主要是女性，大概有个基本理解，然后在这个总的认识理解之下，再去研究个别的。对哪个女性特别欣赏，有兴趣，再去研究、讨论、评论。否则，把她们和一般人等闲而论，就不能理解《红楼梦》。

这是我要说的第一层意义。

再举一个例子。刚才说，大家对王熙凤的印象不佳，把责任推到高鹗身上。我们对贾雨村的印象能佳吗？这个，就没法推到高鹗身上，曹雪芹一开始就写这个人物。我们对这个人物怎么评价？是个好人，还是个坏人？他在全书中起什么作用？第一，他是林黛玉的老师。林姑娘受不受贾雨村的影响，你们想过这样的问题吗？还有一个跟贾宝玉相对而基本一样的甄宝玉，贾雨村也到甄家当过老师，他一听冷子兴讲到贾府这个衔玉而生的公子，就马上说，这个人你们错看了，此人来历不凡啊！他还关联着香菱小时候过元宵节被拐子拐走，后来当了丫鬟。薛家薛蟠这些人也是通过贾雨村出场的。林黛玉父母亡故，无依无靠，被送到京都投靠外祖母。谁把她送去的？贾雨村！贾雨村带林黛玉坐着船到了京都，把她送到贾府，交给贾家主人贾政、老祖母贾太君。曹雪芹何所用意？我至今不明。贾雨村是贾宝玉最重要的第一个知音、知己，是他认识到这个人的不凡。后来贾雨村到京都跟贾家打得火热，每天去拜访贾政，每次必须要把贾宝玉叫出来会会。一次，贾宝玉烦透了，他蹬着靴子，说又要换衣服！这时史湘云说了一些不入耳的话，主雅客来勤嘛，反正人家来看你是好意，你就去会会吧！但《红楼梦》里没有一回，正式明笔写贾雨村来了要见宝玉。宝玉穿戴好，到了父亲跟前会见客人，然后有所交谈。我们可以解释说，贾宝玉根本看不上贾雨村，也不想会他。所以要用暗笔，过场交代一下就完了，不用正面写。那么，为什么贾雨村每回要见贾宝玉？难道是讨贾政的好吗？我们能够这样定论吗？恐怕还有文章。贾雨村后来升了大司马，就是兵部尚书，掌管全国的军事大政。这个跟贾家关系太大了。那个孙绍祖，就是迎春的女婿——中山狼，后来在兵部待选，成了一个重要的人物。我们推测，到了第八十回以后，贾雨村、孙绍祖沆瀣一气，贾家遭了冤枉罪、家破人亡的时候，贾雨村和孙绍祖落井下石，看着人掉在井里不但不救，还搬来一块大石头扔在井里，让贾家九死无有一生。所以孙绍祖是“中山狼、无情兽，全不念当日根由”。这是骂孙绍祖，也是骂贾雨村，它是完完全全切合的。贾雨村这个人，是我们理解曹雪芹的一个大问题。在《红楼梦》里，曹雪芹是否定男子的，他用“须眉浊物”指男人，他看见女儿心里就清爽，看见男人就觉得浊秽、浊臭之气逼人。这是他给男子下的定论，非常好！

讲《红楼梦》里边的女儿怎么讲起呢？鸳鸯这个不凡的女子不用多讲。贾赦要打她的主意，邢夫人受了委托要完成这个使命，结果惹恼了贾母老太太。这一场大风波在全书里精彩得不得了。

鸳鸯这个人是怎么出场的，大家还记得吗？《红楼梦》里写的女子，有的是正式出场——林黛玉交代得清清楚楚，父母双亡，无依无靠，所以才到了京城。入府种种情况，这是正笔，一切都摆在前边，大家看得清楚。写薛宝钗也差不多，她的家

>>> 大家对贾雨村的印象能佳吗？这没法推到高鹗身上，曹雪芹一开始就写这个人物。对贾雨村是怎么评价的？他在全书中起什么作用？他是林黛玉的老师，林姑娘受不受贾雨村的影响？图选自清代孙温《全本红楼梦图》。

世、她的现状、她的经济情况都先交代，然后一笔一笔地再深化下去。

但有些人物的出现，却是突如其来，好像曹雪芹认为我们早就熟悉——史湘云就是一个。史湘云在第二十回以前，一个字都不提。大观园省亲，一场巨大的热闹一过，丫鬟来报："史大姑娘来了！"史湘云的到来，就好像是这一切我们都知道，觉得这么自然、这么美妙。王夫人还说："哎哟！你看这么热的天，还穿这么多。""哎，我哪里愿意穿那么多，我婶子非得要我穿……"史湘云这样上场，为什么？

探春发了一个请柬，邀请诸位兄弟、姊妹到秋爽斋开一个诗社，引出了一段精彩的故事。

袭人让宋妈妈给史湘云送东西，史湘云就问："二哥哥在家里做什么呢？"那个老婆子半懂不懂："和姑娘们起什么诗社作诗呢……"史湘云说怎么作诗也不叫她，当下急得不得了。宋妈妈回来这么一说，贾宝玉简直是一刻都不能忍，马上找老祖宗，要叫人去把史湘云接过来。贾母说："天都这么晚了，明儿再说吧！"苦耐了一宿，第二天一大早起来，就逼着套车去接。仍然是盛会过后，史湘云出场。这是一个规律。《红楼梦》中的人物有明白出场的，有不明白出场的。那么鸳鸯又是怎么出场的呢？

如果我记忆不错的话，我刚才说，经营建造大观园，为了什么？为了一条沁芳溪的命脉。"沁芳"二字的意义，就是众多女儿先聚，然后如同落花流水，分散而去。所以，贾宝玉入大观园的第一个情节，是看《西厢记》"落红成阵"。这时候，袭人找来：你怎么跑到这儿来了？找得我好苦。快点回去，东院的大老爷身上

>>> 薛宝钗的家世、现状、经济情况都先交代，然后一笔一笔地再深化下去。图为清代改琦《红楼梦图咏》中的宝钗。

>>> 探春发了一个请柬，邀请诸位兄弟姊妹到秋爽斋开一个诗社，引出了一段精彩的故事。图为清代费丹旭《探春远嫁》。

不舒服，家里人都去问了安。老太太要你快点回去换衣服 —— 宝玉回到怡红院一看，鸳鸯坐在外间。袭人已回到屋里，给宝玉找出门的衣服。其实就是到本家的另外东院，也得换一身正式见长辈的衣服。宝玉回到怡红院一看，鸳鸯正歪在床上看袭人做针线活。袭人进房去找衣服，这时候有对宝玉和鸳鸯的一段描写，鸳鸯是这么出场的。鸳鸯出场是因何而来？因贾赦。你们看看曹雪芹的那个笔法，为什么鸳鸯一出场，就说跟贾赦有关系？是贾赦后来把鸳鸯害死的。贾赦明白说过："好，除非你不嫁男人，要不你就 …… 你反正逃不出我的手心。"鸳鸯也明白表示，绝不屈服，针锋相对。但是贾赦说，她嫌我老了，她一定看上宝玉了，要不还有琏儿 ……

贾琏也是个掌家的，他实际是正主管，外界的事情都得他负责，也是个了不起的人才。他的太太王熙凤是内部的管家。在我们一般的印象中，贾琏是个不堪的人，其实不是这么一回事。有一回，实在经济困难过不去了，贾琏想了一个办法 —— 老太太内屋里存的大箱子、小箱子装的金银珠宝都堆在那里，不如偷偷借来，押点钱，把这一关闯过去，以后再马上补回去。

鸳鸯好心答应了，担了这个责任。她认为没有人会知道，其实什么事也瞒不住，东府的马上就知道了。传到贾赦耳中，他说："好，你如果跟贾琏没有暧昧关系，你如何会借，又如何会尽这个力量替他借东西偷运，渡过难关？肯定你俩有奸情！"就是这个罪名，后来把鸳鸯给害死了。

好久不提鸳鸯这件大事了，到了第七十二回，忽然又出来一段文字，二百多字，重提鸳鸯借账、借银。是平儿和凤姐在自己屋里谈心，说私情话。为什么到第七十几回又提这件大事？这距离鸳鸯被害已经不远了。

第八十回过后，这一件一件的巨大事件、悲惨之经过，都一个跟一个来了。

可是，鸳鸯和贾赦的那种所谓的关系，早在大观园一开始就伏在那里，这叫伏笔，也叫伏线。鲁迅先生是承认《红楼梦》有伏线的，这是一个特点。他说，如果你评论续书的好坏，要看它是不是符合前八十回真本的伏线。一个一个都伏在那里，远远的千里之外，但它们都有线牵着。可是一般读者看不出来，这是曹雪芹创作的一大艺术笔法。

二

我们再说说，曹雪芹又是如何表现这些不寻常的女子的？

一位最早写作《红楼梦》艺术论著作的教授、学者，他第一次提出来，曹雪芹的《红楼梦》写人，好像画画儿一样，运用的是“皴”。什么叫皴？就是这儿有一个框框、一个轮廓，然后用画山水一样的墨笔一层一层地加墨，那些棱角、层次都逐渐突现出来，这叫皴。

曹雪芹用极高的笔法写人，他不是一上来就什么都摆给你，他先是给你一点暗示、一点头绪。比如，王熙凤刚一出场是什么样，然后再出场又是什么情节、什么语言、什么情景，如此推下去，你对王熙凤这个人物的印象、认识一层一层加深，而不是一个肤浅的

>>> 曹雪芹用极高的笔法写人，他不是一上来就什么都摆给你，他先是给你一点暗示、一点头绪。比如，王熙凤就是如此写的，读者对王熙凤这个人物的印象、认识一层一层加深，而不是一个肤浅的看法。图为清代费丹旭《熙凤踏雪》。

看法。这是一大特点。

曹雪芹写人物还有一个最大的特点，他是怎么写的？

以前的“红学论”都是重思想性，甚至是讲斗争——害了多少条人命，艺术却讲得不多。1981年济南开“红会”的时候，我斗胆第一次提出来应该多研究一下《红楼梦》的艺术，看它那个艺术笔法的特点如何。

曹雪芹在二百几十年以前，手里就好像有一架高级照相机。这个话怎么讲呢？以往的小说写人物，往往是说话人、作书人站在一个固定的立足点，正面看这个人，正面写这个人——这个人怎么出来，戴什么帽子，穿什么衣服，说什么话。就是这样一个关系、一个距离、一个角度，都是这样，就好像看木偶。我们乡村俗话叫“耍傀儡子”。一个小戏台，出来一个小人，又说又唱，唱完了就倚在这个台子的背面，一个一个的，而且都是这么一个角度给人看。不知道曹雪芹有什么神通，他就像用照相机一样，第一次用特写，变角度、远近、仰俯、高低……他用的手法恰恰就是如此。这真是不可思议的事情。所以他伟大，首先是在艺术上。

贾宝玉怎么写？皴——一笔一笔地皴，一步一步地深化。一出场，冷子兴讲给贾雨村听——你看，京中有什么新闻吗？但是你们贾家却出了一件轶事：一位公子生下来就嘴里衔着玉。他们谁也没看见，却先把两个人的议论摆在那儿，等林黛玉一进府，这才正式写贾宝玉出场。林黛玉一看贾宝玉，想起小时候在家听母亲说过的话，然后王夫人又是一番介绍——你可别惹他，他疯疯傻傻，有天没日，是我们家的混世魔王……

一笔笔地皴，说的全没有好话。还有两首《西江月》，句句贬

>>> 贾宝玉怎么写？一笔一笔地皴，一步一步地深化。一出场，冷子兴先讲给贾雨村听，他们谁也没看见，却先把两个人的议论摆在那儿，等林黛玉一进府，这才正式写贾宝玉出场。林黛玉一看贾宝玉，想起小时候在家听母亲说过的话，然后王夫人又是一番介绍。图选自清代孙温《全本红楼梦图》。

贾宝玉："天下无能第一，古今不肖无双。""纵然生得好皮囊，腹内原来草莽。"大家看写得多精彩。曹雪芹这个特别的笔法，发展到后来更稀奇，就是从别人的批评、别人的眼中来介绍这个人。我认为这是他之前的作家谁都不敢用的，只有他一人才敢如此运用的独特笔法。

我最喜欢的、忘不了的而且每一次都要讲的，就是宝玉挨打以后，玉钏给他送莲叶羹的那个场景。这部分写得太好了，我太欣赏这个笔法了。写两人的精彩就不说了，这时候，有傅家的两个婆子闻讯也来探望，亲眼看到玉钏一肚子气，不正眼瞧那碗莲叶羹。其实她疼姐姐、悲姐姐，也恨宝玉，可是也不是真恨，这很是微妙。玉钏见生人来了，端着汤只顾听话；宝玉呢，一面跟婆子说话，一面伸手去要汤。两人的眼睛都看着人，不想伸猛了手，汤洒出来，烫着了宝玉的手。宝玉却赶紧问玉钏，你烫着了没有？他浑身的疼痛就居于次要地位了。两个婆子出了怡红院，左右一望没有人，就说，你瞧瞧，都说这家孩子是个傻瓜，真一点没错！他自己烫了，不觉得疼，还问那个丫头烫着了没有，世上哪有这样的人！在婆子心目中——一个贵公子，那贵体万金之重；一个丫鬟，一文不值，别说手烫了，就是手掉了也无关紧要。她们这是世俗、庸俗的价值观，所以不能理解。曹雪芹那个笔深刻极了，还不仅止于此，下面还有议论，说这个大傻瓜看见天上飞的燕子，看见河里游的鱼，就和燕子、鱼说话。看来燕子、鱼是有思想感情的，跟人平等的东西。物、我，人、己，没有分别。他对燕子、鱼尚且如此，对人又当如何呢？这样一个博大的心胸，怎么写？正面写？在两个没有文化的婆子口里、眼里看这么一个人，她们又说这么难听的话。诸位想想，谁敢如此写？

我们中国二百几十年前的一位作家能够用这样的笔法，从不同的立足点、不同的角度、不同的距离，采取了如此丰富的笔法写人，我认为是前所未有、史无前例的。刚才提到鲁迅先生，他看出曹雪芹的写法里有伏线，就是前面说的不仅是表面的一层，还有一层伏线于千里之外，影射到后来的情节，这是一大特点。另外一大特点，我用了四个字：一笔多用。一句话，多种意思，好几层作用。反过来，多笔一用，就是刚才说的那个皴、那个照相机的角度，他是从各种人不同的看法里，集中描述这个人物。一笔多用比较难讲，它里面也包含那个伏线，伏在这里，远远地注射到千里之外。曹雪芹的笔丰富得不得了，读者要把他看简单了，那个情味、那个意趣、那个魅力就减了一半。这样说是不是求之过深、穿凿附会？我认为不是。

我仍然用藕香榭的例子。大观园的整个布局，有几处最重要的建筑——进了正门，一片翠障、土山，土山上长满了花木……如同进了一个新鲜世界。一出小路，豁然开朗，令人耳目一新，心胸大为敞开，这才看见园中第一景，刚才说了——沁芳亭、沁芳桥、沁芳榭、沁芳溪、沁芳闸，都是用“沁芳”这两个字，那是命脉，那是大象征。再往里走，来到一处重要地方——藕香榭。藕香榭盖在池塘里面，四面通达，有一竹桥走起来嘎吱作响。贾母游园来到藕香榭，王熙凤扶着贾母说，老祖宗您放心走，这个竹桥就是这么响的。这个重要之极、丰富之极，关系复杂。贾母走进藕香榭坐下，抬头一看，一副对联，她非找史湘云念念，两句诗十四个字，上联是“芙蓉影破归兰桨”，池塘里面盛开着荷花，荷花的影子映

>>> 从大观园再往里走，走过一系列“沁芳”景观，来到一处重要地方——藕香榭。藕香榭盖在池塘里面，四面通达，有一竹桥走起来嘎吱作响。图为清代佚名《大观园图》(局部)。

在水里，忽然破开。兰就是木兰，桨就是摇船的桨，是一个用部分代替全部的修辞，用桨代替船。下联是“菱藕香深写竹桥”。贾母听见了说，我小时候，家里也有这么一个亭子，叫做什么枕霞阁。小时候经常到那里玩。有一回，失足落水，差一点没淹死，大家把我救上来……贾母为什么在这儿说这个？这使我们想起来，到后来开诗社时，史湘云的外号就叫枕霞旧友。史湘云是史家老太太娘家的孙女，所以呢，枕霞阁是她们史家的典故——我是枕霞的那个旧友、那个旧人。

姜亮夫先生，少年时候在北京一所中学的图书馆里借了一部《红楼梦》抄本，后面写贾宝玉经过了林黛玉的悲剧——林黛玉是早死，薛宝钗的悲剧——结婚以后也早死了，遭遇了万种困苦、艰险、不幸，最后和史湘云重新会合，结为夫妻，而会合、重会的地点就在船上。“芙蓉影破归兰桨”，这个船在这儿点了出来。

我再提供线索，大家来思索：这“藕香”二字，由哪儿来？

唐诗里已经出现了，有水榭，有藕花的香，但不连着。到了宋代，女词人李清照有一首有名的《一剪梅》，词里怎么说？“红藕香残玉簟秋”，荷花快要凋零的时候，睡觉铺好的席子已经凉了，不舒服了；“轻解罗裳，独上兰舟”，是写李清照——易安居士她自己，把罗衣轻解上了小船；“云中谁寄锦书来，雁字回时，月满西楼”，“锦书”是信，“雁”字是指那个传信的，雁腿上拴着信飞来；“花自飘零水自流”，还不就是沁芳吗？“一种相思，两处闲愁”，大概这个跟贾宝玉和史湘云遭了极度的不幸有关，两个人谁都不知道下落；“三春去后诸芳尽”，那些女儿都散了，一种相思两地的闲愁，彼此还在牵挂，谁也忘不了谁。这不写的就是这些人吗？那个

>>> 这“藕香”二字，由哪儿来？唐诗里已经出现了，有水榭，有藕花的香，但不连着。到了宋代，女词人李清照有一首有名的《一剪梅》，词里怎么说？“红藕香残玉簟秋”，荷花快要凋零的时候，睡觉铺好的席子已经凉了，不舒服了……图为清代佚名《济南李清照酴醾春去图照》。

藕香就隐在这儿。

到了第七十六回，中秋之夜，众人饮酒赏月后散去，只剩下林黛玉和史湘云，这就是有名的“凹晶馆联诗悲寂寞”。看见池塘中有一黑影，史湘云说，我可不怕鬼，拿个石头子一扔，一只白鹤飞向藕香榭那边去了。“寒塘渡鹤影，冷月葬花魂。”这只鹤本来在水里，这不是闲文，不是废话——《红楼梦》里绝对没有闲文废话，每一句都有着落、有作用。“花魂鸟魂总难留”，这是《葬花吟》里面的句子。林黛玉生于二月十二日花朝日。林黛玉是众芳的一个代表、象征，她生在众花的生日，所以“冷月葬花魂”，葬的是她自己。第二年中秋夜，林黛玉就死在这儿的水里。这个有很多证据，我找到十条，史湘云可能也是掉到水里，像史太君一样。第三十八回史太君说：“我失了脚掉下去，几乎没淹死，好容易救了上来……”这句话太重要了，大概两个人后来都遭了落水之难，但是史湘云没有死，飞到藕香榭那边去了，另外有了着落。藕香，与配偶的“偶”，谐音；香，与湘云的“湘”，谐音——远远地伏着后来宝玉、湘云二人重新会合。这个有凭有据。清代的随笔杂说里面，有十多条记录说他们看见过另外一个本子，不同于今天这个一百二十回本的后四十回，都说最后贾宝玉和史湘云经过千难万苦，一个做了乞丐，一个做了佣妇，可能还有更不幸的地位，那就不好说了。那个史湘云，今天说起来不是很光彩，可是坚持到底，最后挣扎出生路来，不知是由哪位大侠士给救出来的——可能是像冯紫英此类的人，贾芸、小红都有大功劳。海棠是史湘云的象征，所以第六十三回海棠诗社掣花名，史湘云掣的那个牙签，上面就是海棠花，翻过来是苏东坡的题海棠诗。这个是没错的，这不是

>> > 海棠是史湘云的象征，所以第六十三回海棠诗社掣花名，史湘云掣的那个牙签，上面就是海棠花，翻过来是苏东坡的题海棠诗。图为清代沈谦《红楼梦赋图册·海棠结社赋》。

海棠結社賦

我聞衙土避燕燒錢噪鵶王子評鏡魯公鬭茶陶令招飲白傅放衙杉楡路古桑柘陰斜晚風楊葉清月蓮花亭洛下之衣冠圖留僧舍題雲溪之名字歌起漁家則有劉家小妹行列第三荔枝雖側杏花太憨寄閒情於筆墨窮真趣於林嵐檻下低徊清光夜惜齋中寂寞爽氣秋含留八月之餘春屋當金貯送一函之小啓詞擬珠談會有香山之勝酒有玉井之甜奪錦裁詩掃花擁帚斜卷晴簾洞開妝牖韻隨缽成心爲囊嘔覺風雅之淋漓喜精神之抖擻甜鶯入夢之香妙借生春之手莫呼姊妹贈別號於詩翁慣慕神仙拾餘芳於名友渺渺秋光開編海棠種分西府植向南牆宜和梨酒好聘梅妝淡抹半簾之月寒欺五夜之霜結一巢而堪臥入三徑而非荒此日題詞擬借書生之柱當年洒淚空回思婦之腸倩繡閣之佳人作騷壇之盟主逸同竹林名聯蘭譜勝攬芳園句傳樂府花有價而能評蒲無絲而不吐遂令楊柳平隄鴛鴦別浦銷夏深灣藏春小塢莫不十樣箋題一枝筆補憑分甲乙之公証惜推敲之苦律兼收平疊韵雙聲期不爽乎五風十雨所以時逢落帽節屆湔裙華筵酒半小窗睡餘柳絮新填之日桃花再建之初賦江梅於梵院吟蘼菊於吾廬從教春卉秋蒲別開結構為數黃心綠葉冒記

我的附会。

大家看看这个多么微妙、丰富、复杂、曲折，它带着巨大的悲剧性，而读起来又那么富有魅力、情趣盎然，不是淡淡薄薄、说几句离题的话。

然而，这样一部伟大的了不起的作品，却很难为普通的西方读者所理解。

已经故去的张爱玲女士，她最迷《红楼梦》，本来要英译《红楼梦》，可能是因为这个工程太巨大了，没有译成，只译了一部《海上花》。《海上花》受了《红楼梦》的影响，写的也是妇女群。曹雪芹已经写得那么好了，他没有什么可写的了。李汝珍写《镜花缘》，也是要写妇女群，可是失败了。我早年就说，《海上花》得了曹雪芹的三分笔法。为什么它不普及？因为是用苏州话——吴侬软语写的，北方人看不大懂。张爱玲首先英译《海上花》，我体会她就是为了给《红楼梦》的翻译做准备、做实验，先把《海上花》译出来，然后再译《红楼梦》，也就差不多水到渠成了。海外评论说，张爱玲的英文比她的中文还要好。她在海外住了几十年，英文确实是有造诣的。如果张爱玲能译出来，比现在所有的英译本都要好，我坚信不疑。她没能译成英文，这是一大遗憾。

说这些的目的是为什么呢？我是要表示，写这样的人物，用这样的笔法，在我们中国文学史上到底产生了什么样的影响、作用呢？我们要回顾一下、总结一下，看看有什么问题摆在我们面前。我关心的是这个。

我刚才已经说了，李汝珍第一个要写一百个女子，他用那么一个写作手法，一百个女子的寓意，就是百花齐放。他选取武则天这

>> > 张爱玲女士最迷《红楼梦》，本来要英译《红楼梦》，可能是因为这个工程太巨大了，没有完成，只译了一部《海上花》。图为张爱玲像。

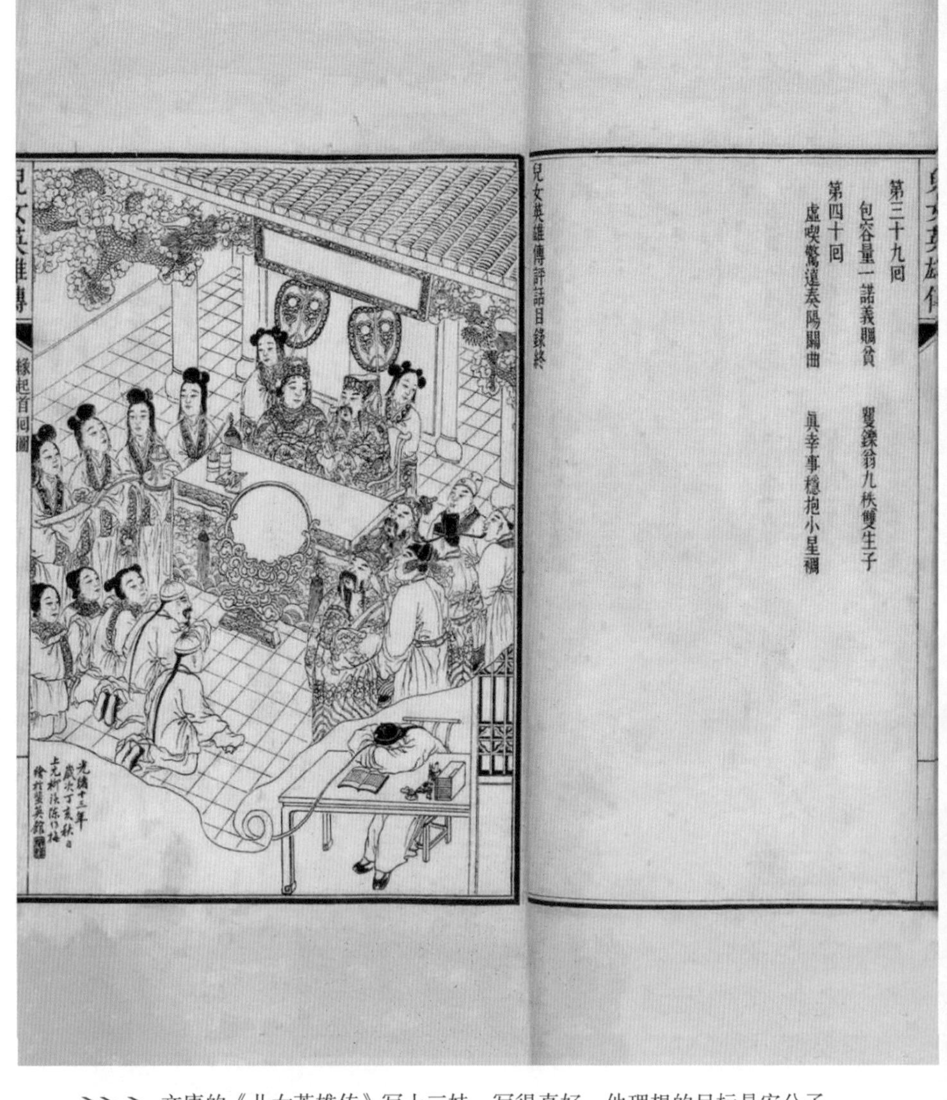
第三十九回
包容量一諾義賙貧　矍鑠翁九秩雙生子
第四十回
虛喫驚遠奏陽關曲　眞幸事穩抱小星禂
兒女英雄傳評話目錄終

>> > 文康的《儿女英雄传》写十三妹，写得真好。他理想的目标是安公子、何玉凤、张金凤，还有一个大丫鬟程姐儿，这些都有针对性。图为《儿女英雄传》书影。

个女皇，和曹雪芹《红楼梦》中写的女娲，都是一个意思，都是选的女性。武则天下了一个命令，不是开花的季节，百花真的全都开放了，百花也象征那一百个女子。但李汝珍只是在《镜花缘》里展示了他的学问，写人则是个大失败。

再就是文康的《儿女英雄传》，他写十三妹，写得真好。他理想的目标是安公子、何玉凤、张金凤，还有一个大丫鬟程姐儿，这些都有针对性。安公子针对贾宝玉，张金凤、何玉凤针对林、薛，程姐儿针对袭人。他仅仅写了三个女人，曹雪芹写了一百零八个，这是我的看法。这一百零八是个象征数——象征最多。这从哪儿来？从《水浒传》来，你写一百零八个绿林好汉，我写一百零八位脂粉英雄。文康写了三位女人，只有十三妹成功，他是一心一意要和《红楼梦》唱对台戏。刚才说的《海上花》，那个文笔也是从曹雪芹那儿来的，这一点是肯定的。

还有一部《老残游记》。《老残游记》是受《红楼梦》影响最深的，但不是照猫画虎。因为刘鹗是个大学者，他懂《红楼梦》。他在序里第一个解释“千红一窟”是“千红一哭”，“万艳同杯”是“万艳同悲”。看这个人多了不起，以前没有人真正理解这些话。现在一些读者不知怎么了，真正好的、高的，需要我们注意的，没有人理。张爱玲说，世界上读《红楼梦》的，都是读了高鹗的那个假一百二十回本。那个框框，那个三角恋爱，加上哥哥妹妹，出了个小丑一搅乱，不幸啊！

诸位朋友，今天我讲得很不理想，我把这些粗浅的意思献给大家，一定有许多错误，希望你们指教！

萬家流血頂染猩紅
曹州府

>>>《老残游记》是受《红楼梦》影响最深的，但不是照猫画虎。因为刘鹗是个大学者，他懂《红楼梦》。图为刘鹗和他的《老残游记》。

第三节

说不完的《红楼梦》

古人谈文学艺术，喜欢用绘画来做比喻。绘画其实也是艺术，用艺术来讲艺术，他们认为比较方便、直接，可能因为这样带有形象性，比用抽象的名词要好。比如“烘云托月”这个词，已经成为成语，大家都懂。画月亮，可以用线条勾出一个大圆圈——这是一种办法，可以把月亮初步表现出来。也可以在画线条位置的周围，用水墨或较淡的颜色烘托点染，这样不用线条画出来的月亮更生动、更分明——这就是艺术家的手法。这个道理希望各位深切体会。你写小说中的某个人物，如果集中全部力量去刻画，这个原则没有错，可是未必能写得完全成功，或许还会在某种程度上失败，因为你不知道轻重、反正、死活，用了平均的力量对待，或者说只会用一种方式对待。好比打鼓，鼓面是最主要的，小学生也都知道要敲鼓心。可是如果老敲中间，人听了也受不了，因为那不是艺术，好的鼓师就不是光敲鼓心，而是同时运用鼓边。“烘云托月”就是不死打鼓的中心点，文学创作死抱住中心点也写不好，一定要从旁边来，把它的四周都写好了，要写的人物会不写自好，完全活灵活现，呼之欲出。“烘云托月”虽然是很普通的常识，但切不要轻看，古人在这话中有很深的体会，它要说的道理是很丰富的。这要靠我们自己去体会、联系。学识越丰富，联想得才越多；否则，明明是好道理却联系不上——你那里没有插销，接不上电线，爆不出火花，就毫无用处，不可能产生作用。

《红楼梦》里面也有这个道理。它的好手法之一，就是不写正面，不用正笔、死笔、呆笔，它常常是写旁边的。比如写王熙凤，它不是字字、句句、笔笔都写王熙凤，它写王熙凤的周围，写同王熙凤有关系的人，写了很多、很远的有关线索，都写得那么精彩、自如、清楚。这样从非常复杂的人物关系中，写出了王熙凤这个人的浑身解数。对王熙凤这个人，我并不把她当作反面人物来看待，这是一个极其复杂的问题，今天不扯这个。曹雪芹把王熙凤写得那么成功，我们得学他的笔法——阅读古典作品，永远不要忘记借鉴和吸取营养。曹雪芹的艺术里面，确确实实存在着好笔法，它特别“活”，尤其是人与人间的发展关系表现得特别好。它不像旧日的木偶戏那样，只是单个人物在活动，其余人物都倚在幕后站着，人物的动作是单一的，表现手法也是单一的——看《儒林外史》就给人这样的感觉。吴敬梓的手笔是很高的，在中国算得上第一二流，如写范进中举，也很精彩。可是如果同《红楼梦》对照起来看，《儒林外史》还是比较单一的，范进旁边也不是一个人没有，但那种关系非常简单。一比较就看出曹雪芹的高明之处，他敢于写如此众多的人物，而且这众多的人物并不是一个一个地写出来的。《儒林外史》大体上是一些短篇故事，用某种特殊的手法贯穿起来，它的重点经常在转移，转移到这个人物时，那个人物就交代完了，

>> > 如果同《红楼梦》对照起来看，《儒林外史》还是比较单一的，范进旁边也不是一个人没有，但那种关系非常简单。一比较就看出曹雪芹的高明之处。图为吴敬梓塑像。

跟后面的没有什么关系，读者也就再想不起来了。曹雪芹的手法不是这样。他不写的人、不在这个场合出现的人，人们仍旧忘不了，这个人物好像并没有闲着，好像还在活动……“烘云托月”这个简单的绘画上的比喻，实际上的意义还不止如此。我借这四个字，来说明怎样处置小说中的众多人物。如同现实生活中人与人的关系一样，不可能孤立地存在，我们都懂得这个道理，但笔下不一定能写出来。曹雪芹怎么能懂得这个道理，并且那样写出来了，这实在是一个奇迹，可以说是前无古人，不能说后无来者，但二百几十年来，又有哪个作家可以称得上是第二个曹雪芹？后来者居上，我们应该抱着这样的态度看待事物。但在曹雪芹时代的前后左右，忽然出现这样一颗明星，实在是文学史上的一个奇迹，这不大好理解。流传至今的、当时的其他作品，都远远比不上《红楼梦》。

前面说了一大篇闲话，算是开场白、序幕，没有具体到《红楼梦》本身。下面结合《红楼梦》，谈谈我对它的笔法的粗浅理解。——只能谈几点自以为理解比较深刻的。

曹雪芹写《红楼梦》的笔法有不少特点、特色，而且也不是今人才发现的。有个叫戚蓼生的，生活在清朝乾隆年代，此人十分欣赏《红楼梦》，有很好的见解，给当时的抄本写过序。他看出《红楼梦》这样的一个特色——他举古人的“一喉二声，一手两牍”做比方，说曹雪芹的笔法比这还要奇妙，他为此赞叹不已。曹雪芹死于清乾隆二十八年（1763），戚蓼生作序也不过迟一二十年，《红楼梦》抄本流传不久，他就能看出曹雪芹的独到笔法。可见不是我们故意高抬曹雪芹，而是有目共睹，早就有人指出曹雪芹这样的一个特点。戚蓼生的话并非故异玄虚之言。曹雪芹写作他心目中的众

>>>《红楼梦》中人物少说有几百个，每天大小事情有几十件，搁到一般人手上，真不知道从何写起。曹雪芹知道自己承担的工作很重，他得找一个头绪做纲领，恰好百里以外有个小人物，同贾府生拉硬扯有些关系——他选了刘姥姥这个人物写起。图为清代宋福亨《大观园》。

多人物及复杂关系，是胸有成竹的，整个情节、人物、结构……在他脑子里不知转了有几千几百遍，已经极为成熟，并不是枝枝节节地堆砌，写到某个地方，挤牙膏似的挤出来的。从整体来看，它绝非堆砌而成。他写“这一个”时，脑子中存在的众多关系都在转着。他表面上写这个，实际上已在为下一回目的某个事件、某一人物、某一情节做准备。他的所有笔墨都不是孤立的——“为这个而这个”，他要表达的关系极其丰富、复杂。

《红楼梦》不好读。我年轻时读，曾中辍过七次之多，最后才硬着头皮读下去。《红楼梦》中人物少说也有几百个，每天大小事情有几十件，搁到我们手中，真不知道从何写起，且看曹雪芹怎样开头。曹雪芹知道自己承担的工作很重，他得找一个头绪做纲领，恰好百里以外有个小人物，同贾府生拉硬扯有些关系——他选了刘姥姥这个人物写起。这是一种手法，这种手法值得研究。为什么不从本府的人写起，而先写远方的刘姥姥？这有他的用意。他不用说书人的口吻说话，不用第一人称，他先站在刘姥姥的角度看贾府众多的人物，通过刘姥姥的眼睛来观察、认识贾府，把众多人物的关系、生活、环境……都显现出来，他找了这样一个后来相当重要的人物，来起线索的作用。我们看刘姥姥先奔荣府大门口，见到几个衣着华丽、挺胸凸肚的男仆，她想进去却根本得不到合理的对待，甚至还开她的玩笑，亏得有一个年纪较大的男仆上前指点。接着写她见周瑞家的。周瑞家的是太太的陪房，陪房和奶妈在当时有特殊地位，地位比一般奴仆高，但并不管事。这次因为刘姥姥看得起她，为了显示自己在贾府的地位，答应给刘姥姥引见，并且告诉刘姥姥，要见王夫人得先见凤姐，说这个少奶奶非同一般，如何长，如何短，两个人有一番交谈。他们见了凤姐，又有一系列的描写——凤姐的势派和特点，她的神情、面貌、待人……都跃然纸上。然后从刘姥姥的眼里看这个大府，它可真是了不起，刘姥姥不由得说开了粗话："你老拔根寒毛比我们的腰还粗呢！"这样的话，显得很不文雅，在贾府中是不能说这种话的。尽管周瑞家的不断使眼色，刘姥姥在紧张的精神状态下一点也没有觉察，还是继续说，接下来是求告——借钱。凤姐先告诉她有困难，接着又说那里还有做衣服的二十两银子没有发放，你不嫌少就先拿了去用吧，喜得刘姥姥眉开眼笑……大家看看，这种关系写得多么生动、复杂，这就叫"一喉二声，一手两牍"。在我的感觉中，曹雪芹是"一喉"同时能出数声，"一手"能写几笔字，不仅仅是"二"和"两"。这时候，把贾府的种种都摆出来了。在刘姥姥眼里，贾府是了不起的富贵人家，其实这时贾府已经到了败落的末世，钱是真紧了。王熙凤说困难是真的，并不是为了对付一个村庄来的老太婆，故意叫穷，耍阴谋诡计。如果那么理解就会出毛病。刘姥姥一听凤姐说困难，心里直打鼓，以为没有指望了，谁知后来一给就是二十两，简直大为意外。要知道这二十两银子在当时的分量，刘姥姥当时的感觉又是什么样的。这一切都要认真去体会，不能流水般地读过。通过这个例子，可以初步看到曹雪芹一笔写了很多方面，他要表达的是很多的，绝不是"单打一"。

再举一个也是全书开端的例子，就是林黛玉入府。这是远道来的一个女孩子，从自己的心目中第一次看贾府，她对贾府的印象跟刘姥姥的完全不同。黛玉上了岸，贾府打发仆妇去接她，她看到这些仆妇的穿戴派头，想到在家时听母亲说过，"外祖母家与别人家

>> > 全书开端的另一个例子，就是林黛玉入府。这是远道来的一个女孩子，从自己心目中第一次看贾府。图为清代改琦《红楼梦图咏》中的黛玉。

不同”，自己得“步步留心，时时在意”，以免惹人见笑。一入府，从对接她的三等仆妇的印象写起，怎么坐轿，什么人抬着，抬到什么地方换人——荣府的规矩男仆不能进内院，到了垂花门，“小厮们俱肃然退出”；然后众婆子打起轿帘，扶黛玉下轿，进贾母院子去见贾母，这些都不细说。这个情节的中心是王熙凤的出现——描写王熙凤出现，确实是“未见其人，先闻其声”。王熙凤的住处在贾母院子的北边，她是从后房进来的。这时，黛玉已见了贾母、嫂子和众姐妹——封建大家庭规矩多，一举一动都有严格规定。她忽听到后院有笑语声，说：“我来迟了，没得迎接远客！”她暗自思忖，人人都低声下气，来者是谁，这样放肆无礼？王熙凤一进来，携着黛玉的手说了不多几句话，是那么简洁得体、面面俱到。贾母见了黛玉，想起最疼爱的唯一的女儿偏偏早死了，正在伤心——本来就不是一个有欢乐气氛的愉快场面。王熙凤一进来，整个气氛改变了，马上活跃起来了，悲伤的场面没有了。贾母高兴起来，这是全书第一次写“贾母笑道”。贾母一见凤姐就笑，这个“笑”字下得不是偶然的，是有用意的。说明王熙凤确有不同寻常的可爱之处，谁家老人都会喜欢她，她不是装的，她就是这样一个人。接着写王熙凤拉着黛玉的手问年龄，说什么“只可怜我这妹妹这么命苦……”，说着用帕拭泪，倒是贾母反过来劝她“快别再提了”。大家看，人物是活的，没有一笔是死的；人物之间的关系，是如此的鲜明、生动。接着王熙凤又问黛玉“可上过学，现在吃什么药……”，嘱咐了一番。这时王夫人说拿出两匹缎子来给黛玉裁衣服，凤姐回道：“我倒先料着了，知道妹妹这两日必到，我已经预备下了；等太太回去过了目，好送来。”王夫人点头不语，没有话

>>> 王熙凤一进来，整个气氛改变了，马上活跃起来了，悲伤的场面没有了。贾母高兴起来，这是全书第一次写“贾母笑道”。图为当代刘旦宅《林黛玉初进荣国府》。

了。这些，如果不理解曹雪芹的笔法，会以为都是微不足道的闲文赘笔，甚至感到不耐烦。可不要这样看。曹雪芹在这里只用寥寥数笔，就把众多的复杂关系都交代出来了。他不担心这样写读者看不明白？他可不是随便下笔的，你得具备一定条件才能懂得他。就拿“当家”的问题说，凤姐是代理当家的，真正当家的是王夫人。有人说贾母是贾府的最高权力统治者，这是不懂得封建大家庭的结构，贾母是年老退位的，受尊重但不管事；真正的权力在王夫人手里，而王夫人比较平庸，身体不太好，有点偷懒，把大房的媳妇也是自己娘家的侄女借来帮她当家。这种极为复杂的关系，在曹雪芹的这几笔中就有所表现，他这样写是有目的的。因为还有许多下文，从这里发端并逐步展开。有人读《红楼梦》嫌琐碎、嫌冗长，这是错误的。曹雪芹的笔下没有空话、废话，他可真正是惜墨如金的。这也是他笔法的一个特点——他有自己的精心设计。第一步，他先勾出一个轮廓来，应该摆的都给你摆到了，但这还是初步的、线条般的轮廓。然后采取的手法，借用绘画的语言说，就是勾勒。第一次用的是粗线条，过若干时候，找最适当的时机，又勾勒几笔，如此类推，不知勾勒了多少次，整个画面（人物）的形态就鲜明而生动地显现出来。

我对现在的创作情况不了解，说句冒昧的话——我感觉有些作家写人物，立足点和视角都比较单一，好像照相，只是从一个固定点拍成相片，或者侧面的，或者正面的。电影就不同，它是从上下左右很多不同的角度来表现，我们看惯了，认为这是理所当然的，不足为奇；我想过去的人，在没有照相机、摄影机这些东西以前，恐怕不一定懂得这个道理，即从各种有利的角度来观察、表现他要写的目标。但是那个时代的曹雪芹，写人物并没有局限在一个孤立的立足点上，这一点非常重要。虽然他继承了唐代传奇、宋代话本、明代小说的传统，但在他以前的作品中，很难找出像他那祥采取丰富多变的角度来观察和表现人物的。曹雪芹的成就的确是空前的、独一无二的，谁也不能否认的。曹雪芹为什么能做到这样？这好像是一个谜，不好理解。我们反对不可知论，认为任何事物都是可以理解的。问题在于，我们对曹雪芹的了解极其有限。所以我们要想尽办法研究、了解他，否则的话，我们就不敢说真正地懂得了《红楼梦》。

《红楼梦》真正的主角是谁？还是贾宝玉，离开了贾宝玉什么都没有了，曹雪芹写别的人物也都是为了宝玉。曹雪芹笔下的贾宝玉实在写得精彩，他写宝玉就是采用多镜头、多角度写的。且看宝玉怎么出场？林黛玉入府，在贾母处，也是在中间从外面传进话来，说宝玉回来了。林黛玉想起在家时母亲跟她说过，有这么一个表哥，如何如何，先介绍一番，让她有一些先入为主的印象。入府后还没有见宝玉，王夫人又给她介绍一番，说“我不放心的最是一件：我有一个孽根祸胎，是家里的‘混世魔王’…… 你只以后不要睬他，你这些姊妹都不敢沾惹他的”。前面说的“先入为主”是一个角度，这已经是第二个角度了。这时候宝玉回来了，林黛玉睁大眼睛细细观察，她原来心里想：“这个宝玉，不知是怎生个惫懒人物，懵懂顽童？”用现在的话说，不是个好玩意儿，是个很糟糕的“阿飞”，长得一定很难看 …… 哪知宝玉一进门，一个神采飞扬的青年公子整个儿呈现在黛玉眼前。这又是一个角度 —— 从黛玉的眼光中看宝玉。这时，引了两首《西江月》直接插进来说话。整部

>> >《红楼梦》真正的主角是谁？还是贾宝玉，离开了贾宝玉什么都没有了，写别的人物也都是为了宝玉。曹雪芹笔下的贾宝玉实在写得精彩，他写宝玉就是采用多镜头、多角度写的。图为现代蒋兆和《曹雪芹像》。

《红楼梦》中作者极少直接出来说话，在开端引这两首《西江月》，还是受了古代话本的影响，这是传统小说中以作者口吻介绍人物的一种形式。《红楼梦》写到后来精彩万分之处，这种形式上的套头就完全撇开了。曹雪芹在宝玉出现时采用这种形式，在全书中是很独特的。这两首《西江月》，可以说是给贾宝玉做的全面“鉴定”。没有一句好话，把贾宝玉贬得一文不值。曹雪芹用这样的形式，是有意给读者深刻的印象，说得宝玉一无是处，世界上很少有这样的人。曹雪芹把全书的主角说成最坏的人，这究竟是为什么？曹雪芹毫无顾忌，他不低估读者，他不怕费了毕生精力创造出来的正面人物形象被读者误解，曹雪芹就敢于这样写。除了在梦中通过警幻仙子之口，说的一句宝玉“秉性聪敏”是正面的好话外，可以说整个八十回《红楼梦》，作者对宝玉没有一句正面的好话——说他疯疯傻傻；说他不通世故，怕读文章，说话离经叛道；说他不喜欢礼节应酬，等等。此外，还从各种不同的角度贬低宝玉。比如第三十五回“白玉钏亲尝莲叶羹……”——前面已反复引述，但说明的侧重点不同，不妨还以此为例。写傅家两个婆子在场看到的情景，她俩出来边走边议论说：“怪道有人说他家宝玉是外像好，里头糊涂……他自己烫了手，倒问人疼不疼，这可不是个呆子？”她们还说宝玉“时常没人在跟前，就自哭自笑的：看见燕子，就和燕子说话；河里看见了鱼，就和鱼说话；见了星星月亮，不是长吁短叹，就是咕咕哝哝的”。这是从婆子的眼光对宝玉的一场“鉴定”。曹雪芹敢于这样表现贾宝玉，需要很大的勇气，读者会不会误解他呕心沥血创作的正面形象？我估计他是想过的，但并没有影响他这样去表现。

我谈以上这些，当然不是要大家像曹雪芹那样去写人物，那是不可能的，也是不合理的。我是说，通过对这个伟大作品的进一步理解，哪怕是某一方面、某一点，在艺术上对我们有启发，有些问题原来没有这样想、这样看，现在向曹雪芹学习一些东西，还是可以从中借鉴、吸取营养的。建议大家抱着虚心的态度去看《红楼梦》，撇开一些先入为主的讲法，通过自己的脑子细读、分析、判断。

作家要尽可能地多知道些事物，同创作有关的不必说，同创作无关的也要多看、多听、多想，不要自己设下界限。不但要知道事物以及这些事物之间的关系，而且还要形成自己的看法。中国人写东西，要写出中国的气派，写出中国的民族风格和特色。要想掌握我们民族的小说这门学问，就要接触中国小说美学。这种美学不是以理论的面貌出现的，貌似也不是系统的。如果你脑子里先有个框子，好像只有适合你的形式、方式才能接受，不去接触宏大的传统，就会给自己造成莫大的损失。所以我推荐金圣叹。大家可能会惊奇，怎么推荐起金圣叹来？是的，敢不敢看、怎么看作品，这都是“问题”。

《红楼梦》既然是小说，那里面当然有合乎小说一般规律的东西，这些有共性的东西不必讲，大家通过别的小说早已明白了。我们着重讲的是《红楼梦》与众不同之处，即它的特殊性。为什么产生“红学”，没有听说有“水学”——《水浒传》也是很不简单的，完全可以成为一门专门的学问，可是没有。《红楼梦》的问题非常复杂，性质非常特殊，我们就是要讲它的特殊的手法。这些特殊的手法不是曹雪芹一个人创造的，他一定有创造，但肯定他也有学习

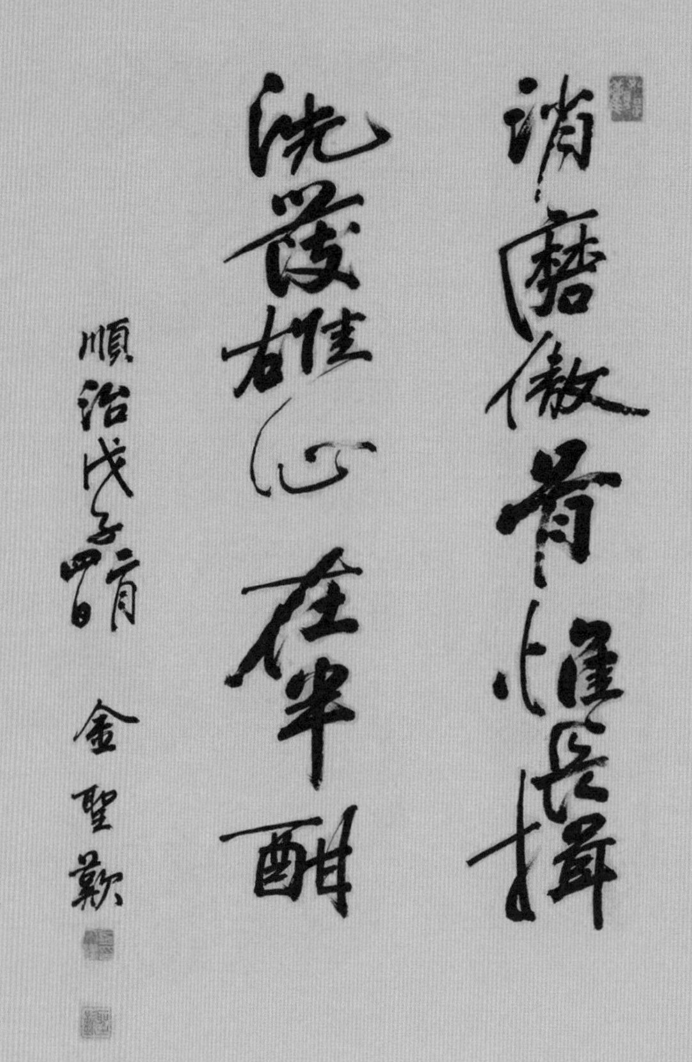

>>> 金圣叹带着“问题”看小说，是值得推荐的。图为明代金圣叹手迹。

和继承，历史怎么能够割断呢！我举了一个“烘云托月”的例子，我希望大家好好想一想，为什么我们中国人喜欢把文学和绘画，用来互相比喻？因为这些艺术中的道理，有它相通的地方，大家不要以为我扯得太远，如果对这些根本没有兴趣，用看西洋小说的眼光看《红楼梦》，肯定会造成许多误会和损失，因为你那方面没有通上电流，火花爆发不出来。古代的大艺术家留下一句名言：“诗中有画，画中有诗。”我曾说过，不仅是画中“有”诗，画的“就是”诗，我们中国的绘画表现的就是诗的意境。这可能是我的谬论，对不对大家可以分析批评。我还举了中国打鼓的艺术，明末的人讲话很风趣、很幽默。当时有个人说，我作文章就像打鼓一样，大多数是打鼓边，中心少不得也敲两三下。为什么叫我们打鼓边，他的意思就是说，文学艺术是天功人巧的综合，需要很高的艺术修养，不能都是一条线，都“单打一”；如果这样，就只会用正笔、呆笔、死笔，你这个艺术，让人一看就是单面的。你说好，把你所能想象的好的形容词都用上，就以为是好了，其实这是正笔、呆笔、死笔。我们中国古代的小说家，不大肯用这种表现方法，特别是曹雪芹，他根本不表态，而让你自己去想象，更没有讲解。我举了“贾母笑道”，只有一个“笑”字，书中常是“谁人说”“谁人道”，在前面不加其他东西。艺术要耐人寻味，可供咀嚼；一目了然地都摆在那里，还有什么深度？我们如果不理解这些，看《红楼梦》就可能很糊涂。曹雪芹在全书没说主角宝玉的一句好话，但一点不损害宝玉这个人物的光辉。曹雪芹相信读者，不低估读者的能力。

归结起来一句话，《红楼梦》里没有图解，没有“填鸭”。现在教育上反对“填鸭式”，提倡启发式。艺术更不同于教育，如果光灌输，我就是要让你知道什么，那就坏了，这动机是好的，效果却适得其反。二百几十年前的曹雪芹深明此理，他很高明，他看透了这一点，没有把读者低估——这是很了不起的。《北京晚报》曾连载的《王府怪影》，描写人物时有这样的句子，某某人如何如何、如何说道——前面有很长一串形容词或者叫副词，这样写是唯恐读者不懂。曹雪芹绝不采用这样的写法，这样写的毛病在于用心太切，老考虑读者懂不懂，要是不懂，我的作品岂不是失败了？于是拼命灌输。还可以举一个好像是题外话的例子。杨小楼的武生艺术到了出神入化的地步，有人说笑话，杨小楼什么都好，一举手、一投足都好，坐在那儿不动，不动也好。杨小楼自己说过这样的话——我上了台，把台下的家伙都忘了。乍听好像杨小楼太没有群众观点，把台下的观众称为"家伙"——不能这样理解。艺术家经过几十年的锤炼，一上台胸有成竹，扮关羽他就是关羽，绝不会想台下的观众睁大眼睛盯着他，他应该怎么表演，如果老想这些，还能有好的表演吗？曹雪芹也是这样，他把读者放在什么位置，是一个值得研究的专题，是他写作手法的一个重要方面。

《红楼梦》艺术上还有什么特点？这简直是说不完的。《红楼梦》人物众多，情节复杂，看一遍两遍理不清，甚至看五遍十遍也未必就理得清。早年有个叫李辰冬的，听说此人现在新加坡，他写过一本《红楼梦研究》，给我以深刻的印象。他为《红楼梦》的结构打了一个比方，我认为很好。他说《红楼梦》的结构是横的波浪式，这个波浪式不是单纯的有高有低的起伏。仿佛一块石头投到水里，激起了水纹，往四下里扩展开，四面八方都动，没有一个人、一句话、一件事是孤立的。一个中心好比一个大波纹，四周有波

>> > 杨小楼的武生艺术到了出神入化的地步，有人说笑话，杨小楼什么都好，一举手、一投足都好，坐在那儿不动也好。杨小楼自己说过这样的话——我上了台，把台下的家伙都忘了。图为在《灞桥挑袍》中杨小楼饰关羽。

浪，过若干回又是一个大波纹；这些大波纹一个一个地往前推动，而这些波纹之间又有交叉、勾连，不是这串儿完了，水就静止了，不是这样，而是这个波里面的某一部分就是下一个的序幕，两波勾连，这波未平，那波又起；上一波没有全完，下一波里面还有上一波的荡漾，大波里面还有小波。你一下弄不清，细细一琢磨，真是妙不可言。曹雪芹处理这些波纹的互相影响和前后左右的呼应，简直令人叹为观止。以上是李辰冬说的大意，也包括我的体会和解释。《红楼梦》的结构确实具有这样的特色。李辰冬能看到并指出来，我认为是有贡献的。

能不能拿宝玉和黛玉的关系做例子？这是谈得最多、最熟悉，也是一般读者最感兴趣的。我个人对《红楼梦》的理解，同有些红学家不完全一样，我不讲什么爱情主题，不强调宝、黛的爱情悲剧，我不是来宣讲这个的。我想通过我自己的粗略方式，引导大家想一想曹雪芹是怎样写这个关系的。

贾宝玉、林黛玉从小在一起，很是投合，关系亲密，感情逐步发展。这本来很好，整个府里也没有认为这有什么不当——林黛玉刚进府时年龄还小，一般读者可能有错觉，以为宝、黛一上来就是基本成熟了的青年，就像越剧电影中徐玉兰、王文娟扮演的那样的大姑娘、大小子，不是的。那么，为什么后来就成了问题呢？不错，宝、黛两个人的爱情关系遭到封建势力的压制，但这样说太抽象。普通读者的心目中，可能把贾母看成大坏蛋，把贾政看成是二坏蛋，把王熙凤看成是三坏蛋。我的看法不一样。我认为贾母、王熙凤都不是坏蛋，而且都是站在宝、黛这边的。曹雪芹的原意是这样的，读者不过是受了高鹗伪续后四十回歪曲的影响罢了。像宝、黛这样的表兄妹从小在一起，亲密无间，发生感情，终于婚配，在封建社会中并不少见，举不胜举。封建家庭的家长，并不个个都故意同自己心爱的子女过不去，一定要找别扭，把他们害了。反对宝、黛结合的不是贾母，也不是王熙凤，而是赵姨娘。她也不是反对青年男女恋爱结合，要是这样，她亲生儿子贾环同彩云两个人的关系也很热烈，她怎么不干涉？所以这不是什么男女关系问题。赵姨娘同袭人一样，大丫头出身，后来被贾政看中收房当了侧室，也就是小老婆。这种地位本来是受压迫的，应该同情和可怜。大家知道奴隶阶层中分为奴隶和奴才，奴隶受欺压迫害，起而抗争；奴才正相反，虽出身于奴隶，却逐渐变成统治者的附属品，甘心为统治者服务——赵姨娘就属于这一类。赵姨娘自从成了姨娘，地位很特殊，第四十三回写尤氏奉命给凤姐敛份子，尤氏做人情，偷偷地把丫鬟们以及周姨娘、赵姨娘的份银退还，凤姐很厉害，谁都得一样出，尤氏骂她："我把你这没足厌的小蹄子！这么些婆婆婶子来凑银子给你过生日，你还不足，又拉上两个苦瓠子作什么？"听，赵姨娘是"苦瓠子"，所以也很可怜。从这里也可以看到曹雪芹不是站在一个死的点来拍镜头的，他对赵姨娘没有好感，在书中口诛笔伐，可是写到这里时，还是承认赵姨娘是个"苦瓠子"，这是现实主义大师的高明之处。赵姨娘每天最关心的大事，就是想方设法怎样害宝玉。为什么？因为宝玉是正妻正出，是贾政的冠带、地位、财产的合法继承人，赵姨娘自己有一个亲生子贾环，很不成才，王熙凤管他叫"冻野猫子"。不把宝玉害掉，贾环就上不去。这一点赵姨娘看得很清楚，所以处心积虑地要害宝玉。可是害宝玉很不容易，宝玉在府里的地位太重要了，受到众人的百般关心和宠爱。一

>>> 贾宝玉、林黛玉从小在一起，很是投合，关系亲密，感情逐步发展。这本来很好，整个府里也没有认为有什么不当。那么，为什么后来就成了问题呢？图为电视剧《红楼梦》剧照。

次宝玉偷偷外出，家里自贾母以下着急得不得了，等到宝玉回来，玉钏儿挖苦地说："哎，凤凰来了。"可见一斑。害宝玉不容易怎么办？另想办法！赵姨娘清楚，有两个人如不先死，宝玉就完不了。哪两个人？一个是王熙凤，她是执掌实权的少奶奶，她从头到尾都是维护宝玉、黛玉的关系的。对宝玉的一切实际利益，王熙凤想得无微不至，如上学裱糊书房、袭人回娘家。考虑到袭人是宝玉快要收房的大丫头，出去要讲体面，熙凤就把自己的衣服拿出来给她穿，如此等等。宝玉同凤姐的关系也好，有什么事互相找。凤姐平时紧紧盯住赵姨娘，所以赵姨娘恨凤姐入骨，先得把她除掉。另一个是林黛玉。赵姨娘清楚，王熙凤是宝玉的物质利益的实际维护者，而林黛玉则是宝玉的精神支柱，这个支柱要是倒了，宝玉同样活不了。书中紫鹃说了一句"林姑娘要走"，宝玉就发起疯来了。总之，赵姨娘认定除掉凤姐和黛玉，宝玉就不除而自除，只有这样，她才能称心如意、提高地位。暗底下这个矛盾斗争非常激烈。赵姨娘每天晚上伺候二老爷睡觉，就往贾政耳里吹枕边风。可以想象，她不会给宝玉说一句好话。本来，贾政是喜欢宝玉的，有何为证？且看那次游园题词、题对联，不要被曹雪芹那支笔蒙住，待会儿"一声断喝"，待会儿又是什么的，那是表示一个做父亲的尊严。实际上贾政很明白，那些清客、相公们拟题的奉承话，远不如宝玉拟得精彩，以至也不得不"拈须而笑，点头不语"。这八个字的分量不轻，表明是多么喜欢，还要曹雪芹怎么写？还有一次贾政在王夫人处坐着，见贾宝玉一进来，就神采飘逸；同贾环那个样子一比较，"把素日嫌恶处分宝玉之心不觉减了八九"。这也是要紧的话，曹雪芹就是淡淡地写出，他是不肯"洒狗血"的，总是点到为止，让

>> > 赵姨娘清楚，有两个人如不先死，宝玉就完不了。哪两个人？一个是王熙凤，她是执掌实权的少奶奶，她从头到尾都是维护宝玉、黛玉的关系的。图为清代改琦《红楼梦图咏》里的王熙凤。

读者自己去体会。由此可见，贾政后来厌恶宝玉，完全是赵姨娘每天在枕边吹风造成的。他究竟吹了些什么，曹雪芹不写，我也没有办法代他造；可是你如果会读，这里面的关系就会看得一清二楚。

宝玉是个“傻子”，天真到极点，不懂人情世故；林黛玉可是剔透玲珑的，对赵姨娘处处留神。有一次赵姨娘探望探春回来路过潇湘馆，进来打了个花胡哨，表面上向黛玉讨好，实际上是去观察动静。正好宝玉也在，所以黛玉赶紧使眼色……这些地方都要细心读，体会曹雪芹的笔法。还有一次宝玉上黛玉房中来，黛玉见宝玉脸上溅有胭脂，就说你这个人又干这种事情，干也罢了，偏偏还挂上幌子，让人看到又当一件事情去到处传说，“又该大家不干净惹气”。就这样淡淡数笔，如果粗心大意，根本就不知道作者在写什么。你体会林黛玉所说的“大家”是谁？是说整个贾府吗？不是的。他不说大家“大家不安生”或“大家不宁静”，而说“大家不干净”，要细细体味“干净”这个字眼的分量。这里面传达出少女林黛玉的心情——你脸上的胭脂是在怡红院里搞的，可是被赵姨娘看见的话，又会到贾政那里告状，结果就成了咱们两个人的事情，这种罪名叫我这样的闺门秀女怎样承担啊！所以林黛玉说的“大家”，主要是指她自己——她不能明说，封建社会的大家少女说话非常考究，特别是涉及这类问题就会更加委婉。告贾宝玉不读书、好玩耍，还不至于勾起封建家长的痛恨，他们最害怕子女在男女关系上出了问题，传扬出去有损家风。贾政成天听赵姨娘吹这种风，对宝玉的看法逐渐改变，连带也讨厌起黛玉来。

上面，交代了赵姨娘为什么要害宝玉，而要害宝玉，又先要对付王熙凤和林黛玉。下面，再来看看赵姨娘是怎么害人家的。

>>> 有一次赵姨娘探望探春回来路过潇湘馆，进来打了个花胡哨，表面上向黛玉讨好，实际上是去观察动静。正好宝玉也在，所以林黛玉赶紧使眼色。图为现代年画《潇湘清韵》。

第二十五回，写马道婆跟赵姨娘背后议论王熙凤，吓得赵姨娘赶紧掀帘子出去四下张望，怕被人听见，然后她回身跟马道婆说："了不得，了不得！提起这个主儿，这一分家私要不都叫他搬送到娘家去，我也不是个人！"这句话告诉我们，赵姨娘考虑和关心的是财产问题。赵姨娘对王熙凤是又恨又怕；王熙凤对赵姨娘极不客气，处处克着她。尽管王熙凤矮一辈儿，但她是正支正派的主子，赵姨娘没有扶正，还是奴仆的地位，她可以指着赵姨娘的脸加以申斥。这是封建家庭的特殊规矩。再说马道婆听出赵姨娘话中有话，马上用话引出赵姨娘的心里话，于是双方定计，讲好条件，用魇魔法害人。马道婆回去做起法来，这个法也真灵，但见王熙凤拿了一把明晃晃的刀，进了大观园，见人就砍……那边宝玉"大叫一声……将身一纵，离地跳有三四尺高"，眼看叔嫂二人被魇魔法所害，奄奄待毙。这时的整个贾府，可就乱了套，贾政、王夫人等自不必说，贾母更是哭得死去活来。这时，最高兴的是赵姨娘，外面假作忧愁，心中称愿。赵姨娘平时是不出头露面的，大概因为太高兴了，跑到贾母面前去讨好，怎么说的我学不来，得让话剧演员来表演，大意是老太太不必过于悲痛，看来是不中用了，还是让他们早点回去，免得受罪……赵姨娘巴望这两个人死得越快越好，贾母听了这些话，气得怒火万丈，兜头一口唾沫吐到赵姨娘脸上，接下来一顿臭骂："烂了舌头的混账老婆，谁叫你来多嘴多舌的！……怎么见得不中用了？你愿意他死了，有什么好处？你别做梦！他死了，我只和你们要命！……都不是你们这起淫妇调唆的！这会子逼死了他，你们遂了心，我饶那一个！"这一顿兜头痛骂，吓得贾政厉声喝退自己的小老婆。贾母知

>>>《红楼梦》整个大布局、大构造里面，写了嫡子与庶子之间的矛盾。同时又写了另一种复杂关系，即大房与二房之间的矛盾斗争。图为清代佚名《大观园图》（局部）。

道赵姨娘巴不得宝玉早死，现在把话点明——“你别做梦”，意思就是说——就是宝玉死了，也没你的份儿，不要高兴得太早！大家看看，这里面的关系是多么复杂，可以说是一种极为尖锐的斗争。这次是赵姨娘失败了，因为后来叔嫂二人的病被想方设法治好了。

《红楼梦》整个大布局、大构造里面，写了嫡子与庶子之间的矛盾，例如上面举的事例。同时又写了另一种复杂关系，即大房与二房之间的矛盾斗争。王熙凤是从大房借到二房来管家的，邢夫人和贾赦越来越不喜欢她，说王熙凤攀着高枝儿飞了，不把他们放在眼里。而贾母跟大房的关系又是很淡薄的，贾赦想讨鸳鸯做小老婆，结果讨了好大一场没趣。这又是一场大的风波，这场大风波牵涉了一大批人。大家不妨看看曹雪芹在这里是怎样写王熙凤的。王熙凤并不是坏人，不是“反面人物”。王熙凤听婆婆说大老爷想讨老太太屋里的鸳鸯，并示意让她去办时，马上直截了当地说，这不行，太太知道老太太平时“很喜欢我们老爷么”？意思是不喜欢，还是趁早别去碰钉子。邢夫人是昏庸透顶的人，根本听不进这样的话，马上训了凤姐一通，说什么老太太这么一个大宝贝儿子，要什么能不给他？“就是老太太心爱的丫头……要了做屋里人，也未必好驳回的。”“我叫了你来，不过商议商议，你先派了一篇的不是。”邢夫人知道贾母宠爱凤姐，所以想让凤姐去说，没有想到被碰回来，心想你不去我去。凤姐知道邢夫人爱闹左性，劝解没有用，就玩开手腕，赔笑说道：“太太这话说得极是。我能活了多大，知道什么轻重？”凤姐顾虑她先回那府里去，害怕万一走漏了风声，就找了个太太车拔了缝在修的借口，同邢夫人一起坐车过去，到了那

>> > 贾赦想讨鸳鸯做小老婆，结果讨了好大一场没趣。这又是一场大的风波，这场大风波牵涉了一大批人。图为清代改琦《红楼梦图咏》中的鸳鸯。

边，又借故处理别的事脱身走开。她知道贾母一定会大发雷霆，不能随着邢夫人一起在贾母跟前露面，就有意让邢夫人一个人去，而邢夫人去了后果然勾起贾母一腔怒火，碰了一鼻子灰。这些都写了凤姐的浑身解数，真可以说是八面玲珑。

嫡子与庶子之间、大房与二房之间的矛盾一天比一天激烈，这两派又结合起来共同对付贾政这一边。谈到贾政，一般说法认为他是书中封建思想的代表者，而宝玉是封建思想的叛逆者，要说矛盾，好像就是他们两人之间的事情，这样看问题未免过于简单了。要我看，大房和贾环等人结合在一起搞贾政这一边，真正倒霉的是王熙凤。王熙凤有罪恶，曹雪芹写她的狠毒，写她贪财枉法，写她勾结官府破坏人家婚姻，总之没有讳言她的罪恶。但曹雪芹并没有把王熙凤看成纯粹是反面的标本，也没有这样写。但她的罪状是不少的，很容易败露。那么宝玉有什么罪名呢？有，没有的话可以造。例如私藏王府的戏子蒋玉菡，逼奸母亲的丫头金钏儿……这些都是了不得的罪名，甚至可以上纲为“犯上”“乱伦”。贾府后来所以破败下来，就因为这些人内外勾结，抓住王熙凤的罪状向官府告发。第八十回以后曹雪芹真正的稿本里，就有王熙凤、贾宝玉又一次同难入狱的情节。

话说回来，赵姨娘一计不成，又怎么再次害宝玉？请大家看“毒打宝玉”那一回。这一回是全书的一大关纽，写得极为精彩，切不可轻看这回在全书的作用。这一回把贾政积年累月对宝玉的恶感全部勾起来，最后要置宝玉于死地，矛盾斗争达到全书独一无二的最高峰。如果大家细心研究过，读到这一回定会有收获。它的“来龙”也是很远的，淡淡地闲闲地好像毫不着力地一笔逼近一笔，一层深入一层，一事未了，又生一事……大致可以从金钏儿那件事说起。且说宝玉讨了两三起无趣，没精打采地到处跑。人们都在睡午觉，处处鸦雀无声，他走进王夫人的房内，见王夫人歪在凉床上睡觉，金钏儿在给王夫人捶腿，于是同金钏儿说了几句话。这几句话今天看来不值得肯定，曹雪芹笔下的宝玉也不能说什么都好。接着是金钏儿挨打，一直到她投井。这件事非同小可，它被赵姨娘、贾环抓住了。无巧不成书，各种矛盾有时会凑在一起。偏偏在这时候，忠顺王府来了一个官员找贾政，索讨王爷喜爱的戏子琪官，即蒋玉菡。贾政一听又惊又气，立刻把宝玉叫来当着王府来的人盘问，宝玉无奈，只好说出琪官的住处紫檀堡。在这以前，贾政见宝玉"应对不似往日"，已经有了三分气，听了这件事就增加到六分；谁知贾政送走王府官员，又遇到贾环像野马似的一头撞在他怀里，就喝命小厮"给我快打"。贾环趁机告状，说是原来不敢乱跑，因为看到井里捞出个死人，"泡得实在可怕，所以才赶着跑了过来"，又说"我听我母亲说"——原来是宝玉逼奸金钏不遂，金钏挨了打，跳井了。一件比一件骇人听闻的事情接踵而来，可以设想当时贾政的心情。我们遇到这类事情，也未必就比贾政高明，于是就有下面的一场毒打。而且亲自动手打，因为仆人打手软，不解恨。接着是贾母、王夫人、李纨、凤姐等人出来，这个场面写得同贾母骂赵姨娘那个场面一样精彩，而关系又更加复杂，写出了每个人在这个场面中的处境、心情、表现、言语……搁在咱们手里可把人难死了，但在曹雪芹笔下把每个人都处理得恰如其分，不知道在这个场合中谁是值得谴责的。我读到这里时，曹雪芹的艺术在我感情上发生作用，让我感到每个人都值得同情。有一个旧批家说，

>> >“毒打宝玉”那一回是全书的一大关纽，写得极为精彩，这个场面写得同贾母骂赵姨娘那个场面一样精彩。图为现代康天野《宝玉挨打》。

他读到宝玉挨打时流泪最多，我同这个旧批家略有同感，读到这里就流泪。恕我嘴笨，这个场面我讲不出来，只有你自己去看，他写得那么复杂、激烈、生动、深刻，我真不知道怎么谈。曹雪芹好像是局中人，但又不是单一的局中人；他是局中的每一个人，他又是局外人。他好像能钻到每一个人的心里，站在每一个人的位置、角度，把全盘看得如此清楚。这不知是怎么达到的，实在是一个奇迹。

随着这个事件，又写出好些人的表现。袭人跟宝玉的关系，是一种表现；王熙凤如何，薛姨妈、宝钗如何，都一一写到；最后还有一个林黛玉，要注意她在这个大事件中的心情。且说众人把宝玉送回怡红院，宝玉但觉下半截痛楚不可言，昏昏沉沉，似梦非梦，耳边忽听得似有哽咽之声……他睁眼一看，只见黛玉坐在一旁，两只眼睛肿得像桃儿一般，满面泪光，哽咽得泣不成声。宝玉大吃一惊，马上劝黛玉不要难过和担心，“我虽然捱了打，并不觉疼痛。我这个样儿，只装出来哄他们”。黛玉听宝玉这么说，“气噎喉堵，更觉得利害”，半天才说了句“你从此可都改了吧”。如果我是主考官，我想考考大家对这句话的理解，黛玉是不是同薛宝钗一样，也劝宝玉从此改邪归正？且看宝玉的回答：“你放心，别说这样话。就便为这些人死了，也是情愿的！”我不知道大家对双方的对话是怎样理解的。如果理解为一个真劝他改邪归正，一个表示为了“这些人”死也不回头，曹雪芹费了九牛二虎之力创造出这样一个关系重大的场面之后，就用这样两句问答结束，这算是什么艺术，这讲得通吗？我的理解，到这个时候，两个人的关系越来越麻烦，从赵姨娘方面制造的困难越来越多，从贾政、王夫人方面来的压力越来

>>> 宝玉应酬了一番，又把晴雯找来，让她把旧手帕给黛玉送去，像这类事他不找袭人而找晴雯。图为清代沈谦《红楼梦赋图册·病补孔雀裘赋》。

病補孔雀裘賦

斯羅之國爾滑之路有文禽焉曰孔都護尾張錦輪屏依紅樹
聳翠角而高蹇服繡衣而先妬壓以金縷編以彩章集而為來
適合胃圍雉頭失色鶴鷺爭輝刷翎則羽落振翼則鸞飛故奈
成灰抱此難究之辟巧誰乞採補來無縫之衣縱令訪天孫於
河源尋神女於洛水蘇若蘭之慧心薛靈芸之神技鍼借辟壓
絲穿連理終難續重千金春生十指類佳人之茅屋工費羣羅
同太守之布絢儉能糊紙然而添香小婢煎茶侍兒靈機獨運
病骨難支鴛鴦懶後蝴蝶慵時看何事而不驚騷何為而如絲
詎作嬌羞學夫人之舉動好將熨貼消公子之狂痴斜偎錦枕
小啓香奩珠毛暗剔翠縷輕拈聲搖玉剪綫唾晶簾眼昏鍼細
燈晃毫尖翩來新月之弓半鉤忽滿送出春風之翦一綫頻添
是經是緯或橫或縱雲霞閃々錦繡重々黑貂青鳳之名徒誇
愧雖翠尾金花之樣絕妙彌縫豈不癡而樂此卻無瑕乎憐儂
辭々寒宵銀燈懶挑蓮漏音急茗爐篆銷粧慵素粉屬暈紅潮
影比梅而更瘦聲如燕而尤嬌能不悄然心醉悄然魂銷枕以
玉骨覆以金貂他年妾懷琴書怡情筆硯小窗捲風幽徑積霰
見此故物為勝春戀霜高露冷神傷翦翠之裘玉瘞香埋腸斷
芙蓉之面

越重。黛玉本来还劝宝玉在淘胭脂时不要挂幌子免得舅舅等人生气，现在事情到此地步，她问宝玉今后怎么办，要他拿大主意。宝玉一听就明白黛玉是在用话试探，你今天处在这样的压力下，你是怎么想的？你放心，你所担心的一切我全明白，“便为这些人死了”——这里所说的“这些人”，如同前面林黛玉所说的“大家”，他实际上是说，为了咱们两个人的感情，我就是被活活打死也心甘情愿。这是他们两个人问答的真正含意。如果你没有感觉到，就没有读懂《红楼梦》。这时外面有人进来，林黛玉坐不住，从后院走了。这段以后，贾宝玉应酬了一番，又把晴雯找来，让她把旧手帕给黛玉送去。说来也怪，宝玉在某些方面同袭人最近，可在另外一些方面又同袭人最远，像这类事他不找袭人而找晴雯。晴雯奉命到了潇湘馆，乍一听连黛玉都有点不解，为什么给他送旧手帕？“细心揣度”，才恍然大悟。黛玉面对宝玉送来的旧手帕，下面还有一大段文章，我们只好从略了。

以上谈的这个事件，用李辰冬的比喻就是一个大波浪。这个大波浪从哪儿荡起，一直荡出了多少小波，荡到哪儿才算看出一点边缘，而这个边缘并没有完，以后又起了别的波，并为下面的波荡起了涟漪……这些关系如果不懂，就不能很好地理解《红楼梦》。“宝玉挨打”事件爆发后，宝、黛都明白压力的来源，是赵姨娘、贾环在陷害他们，中心主题是说他们已经发生了不好的事情，以此来激怒贾政和王夫人。后文的抄检大观园，就是这个事情的又一次大发展，是又一个大波。

抄检大观园，表面上是傻大姐拣了个绣春囊引起的。所谓绣春囊，是封建社会的一种香囊，上面绣着男女之间不好的行为，也就是淫画，佩戴在最贴身的地方，除了夫妇之外，对任何人都不能公开的。不知是谁丢在大观园里，于是要进行检查。谁来检查？是大房最得力的王善保家的。这事出在贾政这边，怎么由那边的人来检查？我前面提过，贾政这边发生矛盾，总是离不开大房和赵姨娘这两方面的关系。抄检大观园，骨子里是针对林黛玉的，想从潇湘馆里查出一些真凭实据来。对此，凤姐的立场很分明，反对抄检，但王夫人又指定她参加。所以一进园，凤姐就跟王善保家的说，要抄检只抄检自己家的人，不要抄检亲戚家的。王善保家的也满口称是。这样，就把薛宝钗撇开了。问题是既然薛宝钗是亲戚家的不能查，林黛玉也是亲戚家的，为什么要去查？实际上这正是冲着林姑娘来的，所以查得十分仔细，把宝玉幼年的东西都从紫鹃房中翻出来了，王善保家的还认定这些就是赃物，经过凤姐解释才作罢。在林黛玉处查不出什么来，又一处一处地查，一处有一处不同的情景。王善保家的依仗邢夫人的势力，对待这些小姐、丫头作福作威。谁知查到探春那里，她却狠狠地挨了探春一巴掌，这一巴掌打得真是大快人心。对探春这个人，有些人把她看成反面人物，说她光会巴结人，巴结正太太……我不这样看。探春这个少女最痛苦，最可敬佩。就说这个事件吧，她同凤姐的立场是一致的，都不同意用这种手段抄检大观园，她的巴掌打的难道不是主持抄检的人吗？还有谁敢这样行动呢？

总之，对于《红楼梦》，即使认为写爱情是主线，也不能停留在一般的讲解上，得围绕这个大问题的各种各样的复杂关系，找出前后左右的脉络，要细细体认。《红楼梦》的笔法不同于一般小说，如果一律看待，就会造成我们跟《红楼梦》之间的隔阂。不理解不

>>> 对于《红楼梦》，即使认为写爱情是主线，也不能停留在一般的讲解上，得围绕这个大问题的各种各样的复杂关系，找出前后左右的脉络，要细细体认。图为现代陆小曼《大观园》。

要紧，我担心的是误解。不理解害处还不大，可以分析不理解的各种原因，一个一个地解决，就怕没有真懂，或者理解得不准确，很肤浅，似是而非，却自以为懂，这误人比无知还厉害。我们搞学问、搞研究、搞创作，不能马马虎虎，不求甚解；对别人的话要虚心，抱着寻求真理的态度，把自己的心扉敞得开开的，也就是且不要忙着给自己设下界限，然后再分析、选择，这样才有助于我们的创作，才能不断提高和有所长进。

方方面面，林林总总。

这真是说不完的《红楼梦》!

第四节

《红楼梦》的比较欣赏

一

今天我想谈一谈《红楼梦》的艺术欣赏，但题目很大，不知从何说起为好，只能尝试着谈谈我的一点体会。

咱们先从大观园说起吧。以前可能有人讲过大观园了，但我今天不是从建筑的角度谈，而是讲讲大观园在《红楼梦》中的作用。为什么要盖这个园子呢？大家看，大观园是从书中哪一回才出现的呢？那是在第十七回。那么前面都写些什么呢？都白费了吗？当然不是。但到了第十七回，由于某种原因，就要出现一个“活动的基地”，这是全书非常关键的地方。没有这么一个“活动的基地”，书就无法再写了。《红楼梦》中的重要人物要在这里生活，重要的事情要在这里发生，可见其地位之非同一般。

脂砚斋评语中有这样的话，大意是这样的——盖了这么一个大园子，银子花了成千上万，为什么啊？都只是为了一个“葬花”。我们怎么理解这段批语，怎样理解这个“葬花”呢？这话的含意是说，大观园里住的这些少女是一群花。林黛玉是其中的一个代表，她的生日是二月十二，这个日子在我国古代叫做花朝日，就是花的生日。大家都说曹雪芹的小说是现实主义作品，但他也运用象征手法。曹雪芹在这里把林黛玉比作群花的一个代表，以黛玉为代表，由她来葬花。到了春末，不论多么美丽的花都开败了，林黛玉为此可惜，把它们收起来，埋在一个地方。这里又要讲讲葬花的问题。首先是贾宝玉发现了满地的落花，他只想把花收拾起来，这时却碰到了黛玉，他们两人所想的、所感的，完全一致。在第二十三回，第一次葬花，是葬桃花，在第二十七回是第二次葬花。这一回才是大家熟悉的葬花，但这回葬的已经是石榴、凤仙等各色落花了。这是什么意思呢？这是有象征性的。由宝玉和黛玉这两个人为代表，来葬这一群名花。曹雪芹写的这么多少女，她们的命运是很不幸的，这么多美好的少女像花一样都凋谢了。宝玉抱着一种极端沉痛的心情，把它们埋葬起来。我用这么一个粗线条来勾勒，是要你们明确一个认识:《红楼梦》真正的精神意旨在哪里？曹雪芹在开头说得很清楚——我所了解的、亲身经历的，我所见所闻的那么一群闺友，这些闺友的见识都比我要高明得多。我现在抱着沉痛的心情来写，为了她们的命运和遭遇而写书，流着眼泪写书。如果把这个基本点理解得深切一点，我们读《红楼梦》的心胸和境界就宽阔了，就崇高了。

下面我就讲讲曹雪芹是怎么写葬花的。

《红楼梦》刚写到大观园建成，贾政就率众清客进去游赏，并让宝玉题了匾额对联。这就是一种艺术手法，不从正面描写，而是通过游园，把大观园展现在我们面前。我希望你们留心看，曹雪芹

>>> 大观园在《红楼梦》中有什么作用？由于某种原因，就要出现一个“活动的基地”，这是全书非常关键的地方。没有这么一个“活动的基地”，书就无法再写了。《红楼梦》中的重要人物要在这里生活，重要的事情要在这里发生，可见其地位之非同一般。图为清代佚名《大观园图》。

真正放笔写的是当众人搬进大观园后，宝玉很快活，称心如意，再没有什么妄想了。可是，忽然不知为何感到烦闷起来，这个也不好，那个也不好，心中对一切都烦腻了。不知你们理解不理解，曹雪芹的笔法是微妙的，宝玉随着年龄的增长从生理和心理上已进入某个阶段，发生了一种变化，从精神上已经有了新的要求。这时呢，宝玉的书童从外边给他找来了小说、剧本。在封建时代，小孩子是绝对不允许看这类所谓闲书、杂书的，宝玉看到这部书，真是如获至宝。正当春三月，宝玉带着一部《会真记》来到沁芳闸桥边，坐在桃花底下的一块石头上，从头至尾地细读。正看到"落红成阵"时，只见一阵风吹来，把树上的桃花吹下一大半，落得满书、满身、满地都是。在这时候，宝玉是怎么办的呢？他是一个不为人们所理解，思想、感情非常特殊的孩子。他不忍心把落花抖在地上被脚践踏了，就用衣服兜着花瓣抖在池内——让它飘飘荡荡地流出沁芳闸。你们细读原著，体会一下曹雪芹的艺术手法，那真是妙极了，为什么他读到"落红成阵"时偏偏就飘来一阵风呢？如果你读过《西厢记》，就会理解得深刻了；就会理解这"落红成阵"的景象，体会到一个少年在"花落水流红，闲愁万种，无语怨东风"的意境中的感受了。

第二十三回的葬花，宝玉和黛玉两人是很和睦的，到了第二十七回，情况大不相同了，两人发生口角。这一回是芒种节，也是饯花会，也就是送春——春光从此结束了。《红楼梦》所写的主要的精神意旨就是——开头的繁华热闹，良辰美景，很快地成为过去。越到后半部，就越发显得悲凉。春光已尽，花都凋落了。到第六十三回，给宝玉过生日，又是一次群芳聚会，也可说是整部书

>>> 细读原著，体会一下曹雪芹的艺术手法，那真是妙极了，为什么他读到“落红成阵”时偏偏就飘来一阵风呢？如果读过《西厢记》就会理解得深刻了。图为明代仇英《西厢记》插图。

中最后一次、最重要的聚会。晚间在宝玉的房间里，众姐妹掷骰子，抽签行令。每个签上都刻有一种花，每个人也就代表一种花。大家都晓得，黛玉是芙蓉花，晴雯也成了芙蓉花神，宝钗是牡丹，探春是杏花，湘云是海棠。到麝月时，她抽到的是荼蘼花。“开到荼蘼花事了”，荼蘼花开过，春天也就真正完结了。宝玉看到此签，忙把签藏了起来，一起划拳吃酒混了过去。这个笔触深刻极了，这里描写的虽然是盛会，实质上却是一次饯花会、葬花会。从这以后，书中就要逐个写这些少女悲惨的命运结局。

关于葬花的问题暂时说到这里，下面换个题目吧。

大家可能会受到《红楼梦》各种艺术形式的影响，比如电影、戏剧、连环画等，心目中就会产生对《红楼梦》中宝、黛爱情悲剧的看法，这当然不算是全错的，这是书中主要的情节之一，但这绝不是唯一的主题。林黛玉在书中是主要的代表人物，但是如果只看到黛玉，那么书中其他少女还写她做什么呢？那不就像越剧电影中，宝玉和黛玉本来感情很好，后来出了一个坏人给破坏了，一个死了，一个没办法就出走了？这样，我们讲的这些，你就完全不能理解了。所以我说，我们的认识水平只停留在这个水平上是不够的，应力图提高自己的精神境界。但我现在只好仍旧拿宝玉和黛玉做例子，来说明一些问题。

我们这个民族在过去以至现代，当少男、少女发育成长到一定的年龄，出现了一种对异性感觉不同而产生爱慕之情的时候，他们是怎么表现的呢？用什么方式、方法来表达呢？这可能是人们很关心的事吧。我这里所说的表现，不是指的一个姿势、一个动作。我们的民族表达感情的方式是深沉的、含蓄的、收敛的，不太愿意露骨地表达。这是由民族特点、文化传统、美学观念、历史条件等复杂因素交织在一起，形成的一种独特的表达方式。而西方则大不相同了，它们是外露的，表达起来也是很简单的。一个外国留学生就跟我谈过《红楼梦》中表达爱情的方式，他很不理解，为什么要那么费事呢？两个人彼此试探，说些莫名其妙的话，不知为什么就吵起来，闹得全家都不安呢？不是可以很痛快地表达出来吗？为什么那么怕人知道、怕人有疑心呢？大家看看，《红楼梦》中男女之别是多么森严啊。

了解了这些，明白了在那个时代少女的处境和心理是什么样的，才能懂得曹雪芹艺术的高超。

二

《红楼梦》一百二十回本是由前八十回加上后四十回，两截拼在一起的，它有些什么问题呢？我们不妨从这个角度看一看曹雪芹这个伟大的艺术家有什么样的特点，以此增加对《红楼梦》的理解。我们也要谈谈后续的四十回，不过不是为谈它而谈，而是通过比较来加深对曹雪芹的理解，更好地欣赏《红楼梦》这部杰作。

大家知道《红楼梦》从形式上说是小说，它本质上则是一部伟大的悲剧，并含有极浓厚的抒情诗成分。首先要认清这一点。

现在从悲剧这个角度谈一谈。

在世界文学中悲剧占有最高级的地位，最早的、人人皆知的、被人们尊崇的是古希腊悲剧，后来在英国出现了伟大的悲剧大师莎

>>> 晚间在宝玉的房间里，众姐妹掷骰子，抽签行令。每个签上都刻有一种花，每个人也就代表一种花。黛玉是芙蓉花，晴雯也成了芙蓉花神，宝钗是牡丹，探春是杏花，湘云是海棠。到麝月时，她抽得的是一枝荼蘼花。“开到荼蘼花事了”，荼蘼花开过，春天也就真正完结了。图为清代佚名《怡红院夜宴图》。

士比亚。这两类悲剧有什么不同呢？评论家说古希腊悲剧是命运悲剧，这是什么意思呢？就是说这种悲惨的命运，并不是由于个别的某些事件造成的。这命运不是指那种迷信的说法——命中注定的意思。我们所说的命运是指那个时代条件、那个历史背景、那种社会结构的矛盾冲突使得人落到那种地步，人是无法自己来掌握的。莎士比亚的悲剧被称为性格悲剧，比如具有代表性的名作《哈姆雷特》，就是由于个人的性格造成的悲剧。我们此刻不是专门讨论悲剧，我只是借助这种悲剧来谈《红楼梦》。我认为在将来的世界文学中，将出现这样一个新的名词、这样一个新的类别，就是“曹雪芹式悲剧”——这就是《红楼梦》。我们不能简单地认为它仅仅是一部章回小说，这是一部无比伟大、崇高的悲剧。这些是我本人的“文学理论”，也不知是否行得通，或许过上一百年能够出现这种理论吧。那么我可就太高兴了。

“曹雪芹式悲剧”是什么性质的呢？我认为它是具有西方两大类悲剧特点的悲剧，是两类悲剧的结合。这怎么讲呢？可以从《红楼梦》的主角贾宝玉的经历来认识。他一生的经历就是一部《红楼梦》，所以《红楼梦》真正的主角是贾宝玉，其他那么多的人都是围绕他而存在的。就好比宝玉是个太阳，其他人是太阳系的行星，也就是说其他众多的角色都是来和这个主角挂钩的。那些女性通过贾宝玉的眼、脑、心、口来诉说她们的命运，抒发她们的悲、喜、哀、乐。这一点请大家好好想一下，这些女性的存在是通过宝玉的评价来完成的——有他的观点，有他的体会，有他的同情、体贴和安慰。宝玉这样的一种性格，不为当世所理解——正如上面我所讲的，桃花落了满地有什么可以大惊小怪的呢？一般人对此视为平常，可他却动了心，他就是这么一种性格。在原本《红楼梦》的最后一回有一串名单，叫做“情榜”，就是把书中有代表性的人物都开列在上面，并附有一句概括性的评语。第一个就是宝玉，他是“诸艳之贯”，意思是说那些少女都由宝玉这么一条线贯穿着，宝玉是个总领——他的评语是什么呢？叫做“情不情”。第一个“情”字是意动词，“不情”就是无情之人，或不具备感情的物或事。宝玉不但无情之人用情来对待，并且用情来对待一切不具有感情、无知无识的物。他看到落花不忍心用脚去踏。去宁国府吃酒、看戏，他不乐意看这种俗热闹，却想到小书房里有一张《仕女图》，他想现在这个画中的女子是多么的孤独啊，我应该去安慰她。你们看，世俗之见却认为他是个“疯子”。又比如放风筝，宝玉放的风筝是个美人，怎么也放不起来，他又起了个呆念头，若不是个美人，我早用脚把它踩了。而且，他又想另一个美人风筝放到荒郊野外，不知落于何处，多可怜啊！我要把这一个美人也放了，和她去做伴。你们想想，在外国文学中有这样的人物吗？在我们中华民族的文学中也是独一无二的。总之，这个人物的性格极为特殊，正是由于这种特殊性格——思想感情，造成他与封建礼法的冲突。所以，当时的社会不会理解他，他也不为当时社会所容纳。简单说来，贾宝玉的悲剧也就这样产生了——这种悲剧不就可以说是性格悲剧吗？

“希腊式命运悲剧”的成分又体现在哪儿呢？贾宝玉及那些女儿们，不能掌握自己的命运，而是由命运来摆布的。在曹雪芹的笔下，人物的描写不是“公式化”的，正如鲁迅先生所说的，好人不是都好，坏人不是都坏。曹雪芹对待这些人的命运——尽管这一

>>> “曹雪芹式悲剧”是什么性质的呢？它是具有西方两大类悲剧特点的悲剧，是两类悲剧的结合。这怎么讲呢？从《红楼梦》的主角贾宝玉的经历来认识。他一生的经历就是一部《红楼梦》，所以《红楼梦》真正的主角是贾宝玉。图选自清代孙温《全本红楼梦图》。

切是如此的不尽相同，对这些人也有自己的看法、自己的评论，但是总的来说，他认为这些女子的命运都是可怜、可悲的。因此在第五回宝玉梦游太虚幻境时，警幻仙子带他到各司游玩，他进入的是薄命司。“薄命”就是命运不好，落得悲惨结果。《红楼梦》中所写的这些女子的命运没有一个好的，都是薄命司里的人。整个《红楼梦》中充满着一种命运感，这就是时代、社会所造成的。大家知道一点清代历史和曹雪芹的身世，就会懂得曹雪芹为什么对命运如此敏感。我们应该站在世界文学史的高度，认识《红楼梦》中所写的“曹雪芹式悲剧”，至少具有“命运”与“性格”两重意义相结合的特征。

我今天为什么要讲悲剧呢？主要是希望大家能有一个认识水平，不要被圈限在那种较低的水平和规格当中而不能自拔。讲讲悲剧的意义是会有好处的，悲剧并不是一个简单的叫人难过、流泪的“不幸事件”。

认识了这一点之后，我们再来看看后四十回的问题。

大家看到的《红楼梦》是这样的——宝、黛爱情本来是很好的，但后来出现了坏人，用了一个肤浅廉价的“调包计”，使宝玉上了当。你们可能会说，这不也是悲剧吗？这样的婚姻不幸、不自由，在封建社会成千上万、车载斗量。这样的结局当然比大团圆的俗套要好。我们过去的文学作品多是经过种种艰难曲折，最后都遂心如意了，男的一定要中状元、做高官等，那种世俗的荣华富贵的生活目标都达到了，只有这样才能使大家心中得到一种满足。这个老问题，鲁迅先生早就批判过了——用这种“瞒”“骗”的手法，使大家感到世上还是万事皆好。从这个角度上说，宝、黛出现那种悲剧结局是了不得的，所以续书受到一些人的推崇。但是，既然要讲这个问题，就要讲得深刻一些，我们的标准要高一些。就是说，我今天要从悲剧这个角度来开头，从悲剧的本质来说这个事情。本来是表兄妹，又来了一个姨姐，在这个选择之间，有了矛盾冲突。现在的解释是封建的婚姻由于它的制度出现买卖性质，或者是政治性质，不是从感情上来建立的，而是要从家族门第的利益上来建立。这一点我们也是承认的。但是，造成这种悲剧的根源和对悲剧的理解，是用那么一种廉价的计策——骗三岁小孩子的办法，就把宝玉这么一个极不寻常的人物轻轻地骗过了，实际上是把我们民族文学史上一个伟大的典型人物给抹掉了。大家想想看，这是一个什么问题？这样就会明白，这是一种真正的、高级的、意义深刻的悲剧吗？还是一个偶然的、一个家族内部矛盾造成的可笑的事件？这种情况在现实生活中都不好找到。我们不否认越剧《红楼梦》产生的艺术效果，但我们要看到《红楼梦》并非如此的简单，我们是要站在高一点的位置上来看号称悲剧的“悲剧”，因为那里面没有命运感。后续的四十回中，整个贾府是恢复了，抄没的也都退给了，官复原职，一切都平安了。除了黛玉死了，没有任何遗憾。贾宝玉考上举人，光宗耀祖，宝钗还生了一个儿子，“香火”得到了接续。而在这个结尾中，正如鲁迅先生批判的，这个和尚是从来没见过的，穿着大红猩猩毡袍，左边一个道人大仙，右边一个和尚大仙，两个大仙中间夹着一个小仙，临走还要给他封建父亲叩头尽礼，表示我完成了你们封建社会的一切任务，是一个无可指责的完人，我可要走了，我去做神仙啦！大家对封建事物接触不多，感受没有我这么深、这么沉痛。曹雪芹是拼着性命、流着血泪

>>> 在第五回的宝玉梦游太虚幻境时，警幻仙子带他到各司游玩，宝玉进入的却是薄命司。《红楼梦》中所写的这些女子的命运没有一个好的，都是薄命司里的人。图为清代盛昱《红楼梦赋图册·贾宝玉梦游太虚境赋》。

賈寶玉夢游太虛境賦

有緣皆幻無色不空風愁月恨都是夢中恨不照秦皇之鏡然溫嬌之庠早離海苦莫問津迷何須春怨秋怨朝啼夜啼淚彈珠落眉鎖山低則有警幻仙姑身寄清都職司姻錄簿命誰憐鍾情必錄國號眾香峰依庠玉會飲瓊漿界分金粟登碧落兮千重傍紅牆兮一曲笑此地情天孽海豈有神仙願世間才子佳人都成眷屬遂令雲母屏前水晶枕上敲破蟬飛香迷蝶放境黑仍甜雲青無障炯引雙光霧開十相境花瑤草翻添嫵媚之容綠樹紅亭別搆璃瓏之掾於是手披舊冊目注新圖細摹詩讖歷訪仙姝玉容慘澹墨跡模糊石竟頑而不轉花未老而先臞慧劍憑揮好破城中煩惱殘燈空對終疑畫裏葫蘆尔乃烹羊脯剖麟脂調赤蕤勞斑螭酒釀庠芳萬艷同杯之勝茶煎宿露千紅一窟之奇固宜觴飛鸚鵡卮獻玻璃神移玉潤心醉珠帷況復飛瓊鼓瑟弄玉吹笙江妃拊石毛女彈箏絳節記竿頭之舞霓裳流花底之聲霧香玉妙想推秦董雙成朝雲暮雨之期行來一度紅粉青娥之局話了三生無何仙界難留錦屏易曉眼前好景俱空梁上餘音猶繞人生行樂只如此十二金

>>> 曹雪芹是拼着性命、流着眼泪写的《红楼梦》，后续的四十回却硬借他宣扬这一套封建的东西，这良心上能过得去吗？图为当代宋惠民《曹雪芹》。

写的《红楼梦》啊，结尾却硬让他宣扬这一套封建的东西，这良心上能过得去吗？我把这个问题提出来，希望大家自己去很好地思索体会。

再看看性格方面，这个宝玉原来有如此不被人理解的、独特的性格，但到了续书里边呢，在第八十一回，宝玉奉命入家塾，被贾政命令到学堂里读“四书”，学八股文，宝玉在这时毫无表现，就跟着贾代儒去了，就连林黛玉也鼓励他，虽然你不喜欢八股文，但终归有些好处啊。真怪啊，怎么连黛玉都变了呢？在以前，宝玉说过，林姑娘要和我说这些混账话，我早就和她生分了。哎，到了这时宝玉也不生分了，林姑娘也真变了。宝玉从这回开始，整个人物性格的光辉一丝一毫也没了，他成了什么呢？成了无以名状的傻瓜蛋，可怜、可笑，没有性格，没有语言，没有思想，没有行动，处处只会发呆。全书中最重要的一个人物改变到如此地步，我们是无法忍受的。宝玉变得浑浑噩噩、任人摆布，因此那个“调包计”可能实行，要按前八十回的宝玉，那根本不可能，怎么瞒得了他呢！真可怜哪，这种篡改达到了令人吃惊的地步——这是从根本上来篡改原著。

我们从这两方面，即从根本上来看后四十回，发现它整个都变质了，这部伟大艺术作品的一切特点、特色完全消失了。我们读前八十回的时候，一个场景、一个画面、一个诗情画意、一个人物来往的交谈，那个有情有味和那些微妙的关系，表达得不仅能让人理解其中的意境，更能使人得到美学的享受。可到了后四十回，这一切都没有了。

我举个例子吧——在全书中诗情画意最为浓厚的一段，简单

>>> 这是全书中诗情画意最为浓厚的一段，简单说来，就是黛玉在自己的闺房中感到很孤独、寂寞，盼个人来谈心。后来宝钗来了，解了烦闷。图为清代改琦《仕女图》。

说来，就是黛玉在自己的闺房中感到很孤独、寂寞，盼个人来谈心。后来宝钗来了，解了烦闷。二人把话题转到吃药问题上，宝钗看了药方子，认为其中几味药大补，热性太大，不妥，不如清补。虽然此事很简单，可黛玉很受感动，大为感慨地说，我在这里是寄人篱下，每日请大夫、吃药已然是够麻烦的了。虽然老太太、太太不说什么，可是有人却非常不乐意——就指赵姨娘和贾环那一党，我现在又要闹什么燕窝，更不得了啦 。宝钗见此情景，答应从自己家中给黛玉拿一些来。她走的时候说，晚间有时间再来看你。黛玉在这种情形下感动很深，她需要别人的关怀和慰藉。宝钗走后，偏偏落起雨来。秋雨滴在竹梢之上凄凄凉凉，黛玉孤独地待在闺中，刚才的一番谈话在她心头翻来覆去——思索着自己的身世、处境，十分难遣。正在这时，丫头来报，宝二爷来了！这是完全出乎她意料的事，以为下雨天宝玉不可能来看她，可他居然来了。林黛玉又惊又喜，我想那心情不能用语言来表达，一写就俗了。我讲一下这个背景，你们再想一下那个画面——潇湘馆和怡红院隔着沁芳溪，要过个小桥，在夜幕中，丫头、婆子提着灯，打着伞。灯是红的，伞是碧油的，宝玉戴笠、披蓑、穿木屐。这个情景我用八个字概括一下“红灯碧伞，渡水穿桥”，整个是首诗，整个是幅画——这就是我们民族文化的特色。两人见面以后的对话，大家也细心地玩味一下，他们那么深厚的感情，见了面以后怎么表达呢？能像外国小说中写的那样伸出手来吗，那可是天大的笑话了，那是令人不能忍受的。我们中国人没有这个概念，没有这个习惯。你看看书里是怎么写的——刚一进门，黛玉一看笑了，哪来的一个渔翁啊？然后关于蓑、笠有一段描写。这里大有文章，但

>>> 黛玉孤独地待在闺中，思索着自己的身世、处境，十分难遣。正在这时，丫头来报她，宝二爷来了！图为杨家埠年画《宝玉夜探潇湘馆》。

此刻不能细讲了。宝玉拢着灯光，照了照黛玉的脸说，今天妹妹的气色很好，表示高兴，关切的是她的病体。一进门不看别的，先看黛玉的气色。就是这么很简单的几句话，包含了他们之间的深情厚谊。问候完就要走了，明天再来看妹妹吧。你们再看一下临走时的情景——黛玉从书架上拿下一个小小的玻璃手灯，说："这个又比那个亮，正是雨里点的。""我也有这么一个，怕他们失脚滑了打破……""跌了灯值钱？跌了人值钱？……怎么忽然又变出这'剖腹藏珠'的脾气来！"你们看看，这种美好的感情、美好的诗情画意，到后四十回还有没有了呢？全没有了，任何地方也找不到，这点我敢保证。这是两种不同的人、不同的心灵、不同的手笔、不同的审美观、不同的精神境界、不同的艺术表现，由此而产生的感受是决然不同的。

就是说，从文学品种的规格来说，大相悬殊；从文学艺术的造诣来说，也大相悬殊；最重要的，是全书的宗旨也南辕北辙。曹雪芹安排这些女子在薄命司里，命运是悲惨的，那么到了后续四十回里是否还悲惨呢？无所谓，没有几个真是悲惨的了。尤三姐的类型是极特别的，相貌、性格、才思都十分出众，虽然出生的家庭是比较低级的——环境、教养、条件都不高，她在最初阶段对男女关系方面不是太严格。这样的人物值得肯定吗？那时她还没有爱情对象，她姐姐和其他人劝她找个合适的目标。她本来考虑的是宝玉，但观察到这是没有希望的，后来选中了柳湘莲。柳湘莲不愿意，这对她打击太大了，无法再活下去。这真是有情，懂得知音。这点在书中的评价是很高的，但这个人不是完人。金要足赤，人要完人，曹雪芹不搞这些。柳湘莲问宝玉，三姐这个人怎么样啊？宝玉说

>>> 尤三姐的类型是极特别的，相貌、性格、才思都十分出众，虽然出生的家庭是比较低级的——环境、教养、条件都不高，她在最初阶段对男女关系方面不是太严格。图为清代改琦《红楼梦图咏》中的尤三姐。

是宁国府里的亲戚。呵，她家里还有好人吗？除了门前的石狮子是干净的，哪里还有干净的呢？你看宝玉怎么回答，你既然知道还问我干吗？她是个绝色的人物，你只娶她的绝色就是了。贾宝玉对妇女的要求也不是完美的，这一点需要申明，当然他也并不是要提倡胡行乱为。那个社会造成她失去贞洁，而同一个社会又因为她失贞而鄙弃她，这个悲剧就是这么造成的！是谁把她杀了呢？到了续书者，把这段文字偷偷地改了。改成什么样了呢？三姐变成了彻头彻尾的大圣大贤，是个贞洁烈女。这就是两种不同的思想和道德观，我用的名词叫做“妇女观”。我举这个例子，就是说《红楼梦》中重要的女性的结局都变了。凤姐的女儿、史湘云最后的命运都非常不幸和悲惨，可是续书者把她们都改作嫁了大地主的少爷。这就是说，《红楼梦》后四十回里真正表现出来的东西，就是复活了封建主义的那一套，就是符合封建制度看待妇女的那些观念，就是用这样一条线，篡改了曹雪芹给她们的命运所作的真实写照。

《红楼梦》是一部反封建的伟大作品，那么我要问一问，按后续四十回的写法，还是反封建吗？这就成了问题。后续者很聪明，他看到前边宝、黛这段爱情故事，如果不写成悲剧结局，读者是会看出马脚的，因为这点太分明了。所以黛玉活不成，她死后宝玉做和尚，这样读者就可以接受。他抓住这一点表面的东西做了一点文章，使某些读者受到感动，然后把其他问题遮掩了。

大家明白了吧？

你们可能想这样不就相当满意了吗，《红楼梦》讲的就是宝、黛嘛，那些别的人算什么呀？这样删就让读者受了大骗，上了大当！

>>> 《红楼梦》中重要的妇女的结局都变了。凤姐的女儿、史湘云最后的命运都非常不幸和悲惨，可是续书者把她们都改作嫁了大地主的少爷。这就是说，《红楼梦》后续四十回里真正表现出来的东西，就是复活了封建主义的那一套，就是符合封建制度看待妇女的那些观念，就是用这样一条线，篡改了曹雪芹给她们的命运所作的真实写照。图为清代佚名《大观园图》（局部）。

续书者相当高明，眼光非常敏锐，比现在的某些红学家要高明。他在二百多年前把需要做的工作全做了。我个人的观点，这不是两个穷书生吃饱了没事干，这么好的书只剩八十回，咱们做些好事，给它补上吧。

如果这么看，正中了他们的计策。

第五节

从中华文化看《红楼梦》

今天的话题应从哪里切入呢？这是一个大问题。我就大家共同感兴趣的“切入点”列了十几个，但还是不知该从哪儿讲起？因为我不了解在座的各位朋友的文化层次、兴趣爱好以及需求。我无法预料，也无法估计，咱们只是一个碰撞。我想，如果我们有运气、有缘分，碰撞得好，就会有一个好的效果。

一

我们先从这里说起吧！严格的“红学”本体定义，与读小说的故事情节不同，清朝末年最初讨论“钗黛争婚”“孰优孰劣”等问题，并非真正的学术性质，只是茶余饭后闲谈的话题。后来发展了，以王国维为开始，他还引用了一位西方哲学家叔本华，在解释《红楼梦》时他说——人的一切痛苦、烦恼都是因为有欲望，如果首先把欲望消灭了，就什么问题都解决了。王国维的论文是一长篇读后感，对《红楼梦》的作者、版本及其关键问题并没有进行深入研究。他的这些评论，并不符合曹雪芹创作的原意。我这样说并不是贬低王国维这个大学者，他在其他研究领域，诸如词、曲、史等方面都有重大的成就。自他对《红楼梦》的评论开始，已经进入了文化的大范围。他们不是讲故事，也不是讲艺术。以后的蔡元培、梁启超，一直到胡适之、鲁迅，以及严复、林纾、陈寅恪等先生，几乎没有一个人不是用他们各自独特的方式来揭示《红楼梦》、解释《红楼梦》、处理《红楼梦》的。大家想一想，这是个什么问题，他们是要来讲小说吗？讲表哥、表妹、三角恋爱，是这样一回事吗？这些大学者，他们为什么都如此看重《红楼梦》，对《红楼梦》进行各式各样的思索、探讨、研究？我认为这首先说明他们的研究已进入大文化的层面。

拿当前的例子来说，王蒙、刘心武先生都是知名的作家，后来他们都对《红楼梦》感兴趣，开始研究《红楼梦》，成了红学家。要说他们这些作家研究《红楼梦》，肯定对人物形象、性格刻画、语言运用等问题感兴趣。可实际上恰恰相反，他们根本不是如此。这怪不怪呢？他们做了红学家，兴趣集中点却不在那些文学理论方面，他们研究的路子完全在文化方面。我草草地说这些，就是为了提醒大家，《红楼梦》这部小说名著，并不单纯是一部寻常的所谓文学作品、小说作品。我们可以说，它是一部中华文化的集大成之作。这是一个真理。这并不是因为现在谈文化时髦，我们为了提高《红楼梦》的价值、地位，硬给《红楼梦》戴上中华文化的桂冠，不是的！

为什么从文化的角度来重视《红楼梦》？我现在还记得，1986

>>> 自王国维对《红楼梦》的评论开始，已经进入了文化的大范围。以后的蔡元培、梁启超，一直到胡适、鲁迅，以及严复、林纾、陈寅恪等先生，几乎没有一个人不是用他们各自独特的方式来解释《红楼梦》。图为“四大国学导师”王国维、梁启超、陈寅恪、赵元任塑像。

最高部之欲望一切都是小事惟此是大事碑文中所持之宗旨至今並未改易　陳寅恪

年在哈尔滨召开国际《红楼梦》研讨会时，《光明日报》的一位记者采访我。他问我，今后《红楼梦》研究的方向、趋势应该是怎样的呢？我说要从《红楼梦》的文化含义来向前发展。今天看来，这种说法没有错。今天的《红楼梦》研究不是很兴旺吗？

但是有人要问，什么是文化？你指的是什么？今天“文化”一词的含义很宽、很泛、很乱。看看报刊上的“文化版”，什么文娱呀、休闲呀，包括一些无聊的东西，都美其名曰“文化”。我们讲中华文化就是讲这个吗？不是。我们所关注的是中华的大文化，并不是什么食文化、酒文化、筷子文化、装饰文化……现在所谓的文化太多了。从《红楼梦》里看，我们中华民族，我们中华文化的基本的大精神是什么？我想，我们应该思考、探索这个问题。这样才有意义。可是这个说起来就难了，而且非常困难。

现在一般的《红楼梦》版本，普通的普及本，打开一看，仍然还是那一段：“作者自云：因曾历过一番梦幻之后，故将真事隐去，而借“通灵”之说，撰此《石头记》一书也。”大概如此。这本来不是正文，而是批语，后来混入了正文。这是作者同时代的挚友记录曹雪芹自己作书时候的感想，但这里面却包含了重要的文化内容。这话怎么说呢？他说借此“通灵”之说，把真事，不敢说的真事、大事故，即鲁迅先生所说的“巨变”——这个不能明写，所以改其名曰“梦幻”。经历了梦幻之后，将真事隐去，这个梦幻还不就是那个真事！就这么小小的一个拐弯，有很多人弄不清楚，在那里争论不休。

曹雪芹经历了家世生平的巨大变故，然后借此“通灵”之说作这部书。这第一个总的大题目，我们要思索了，什么叫“通灵”？

通靈寶石
絳珠仙草

>> > “作者自云：因曾历过一番梦幻之后，故将真事隐去，而借“通灵”之说，撰此《石头记》一书也。”什么叫“通灵”？通灵不是指的通灵宝玉吗？图为清代改琦《通灵宝玉　绛珠仙草》，这是宝玉和黛玉的前世传说。

那个很好懂啊！通灵不是指的通灵宝玉吗？借这个宝玉做主人公，写这部小说。对呀，回答得一点不错。但是我们就要问了，什么叫通灵宝玉？这就是一个文化切入点。曹雪芹思考的是宇宙、天地、人，时间、空间、历史，人的来源、人和物的关系、人和己的关系，也就是今天所说的社会、家庭，伦理、道德，待人、对己，无所不包。《红楼梦》的内容是讲这个，而这个不就是我们中华文化真正的内涵吗？请诸位想一想。我们今天讲这个，希望你们首先要把以往熟悉的那些看法暂时抛开，并不是讲什么哥哥妹妹的爱情、婚姻不自由的悲剧，把这个暂时放下。至于高鹗后续四十回书，他把曹雪芹经历的巨大的梦幻，也就是隐去的真事都撇开，把具有巨大的文化内容的部分都淹没、掩饰掉了，把读者引向一个小小的悲剧——很庸俗地用红盖头盖住一个假装的新娘，骗这个傻瓜贾宝玉。这么一个庸俗的小悲剧，是高鹗的"杰作"，而不是曹雪芹的作品本身。这不是今天要讲的内容。

如果我们尊重曹雪芹的话，他这个通灵有来源，石头有来源，太虚幻境也有来源。大家注意，凡是曹雪芹用梦、幻、虚、无、假来描述的部分，恰恰是有意来进行迷惑的。大家可能认为，这是今天的虚构小说嘛，"假语村言"，这无所谓。其实越是这些字眼的背后，隐藏的具有真正重大意义的内容就越多，要掌握这一点关键。这是曹雪芹的秘密。

《红楼梦》的开头，就是从女娲炼石补天开始的。女娲是我们中华民族的老祖宗，中华民族这一群人就是从那儿开始的。经过她的锻炼，就能够有灵性。本来这个石头没有知识、感觉、感受、感情、思想、表现能力，什么都没有。现在经过娲皇一炼，就有了灵性。灵性已通，这就叫通灵。“通灵”二字从何而来？来自晋朝一个大艺术家、大文学家顾恺之。他的小名叫顾虎头。《红楼梦》第二回，借贾雨村之口，列出一个人名单子，罗列了中华文化史上很多重要的、出奇的人才，其中包括许由。许由听到让他去做官，就赶紧到水边去洗耳朵，表示他不爱听，意思是他不走做官这条路。曹雪芹把许由摆在第一位，今天姑且不去细说他。下面就是六朝的那些人——陶渊明、嵇康、阮籍、刘伶、王谢二族，接着一个就是顾虎头，再下一个可能是南朝陈后主、唐明皇唐玄宗、宋徽宗，然后是大词人柳耆卿柳永、秦少游秦观，又罗列了一些唐代著名的艺术家、音乐家，如李龟年、敬新磨，另外还罗列了女子卓文君、红拂、薛涛（唐代名妓）、崔莺莺、朝云（朝云是苏东坡的姬妾）。大家稍等一会儿，话题回到这些女子时，再来讲她们的意义。

顾虎头给嵇康作传的时候，第一次用了“通灵”这两个字。顾虎头顾恺之是一个奇人，他的故事非常有趣。每一个主题要讲下去，都可以细说，可惜没有这么多时间，只好这样粗枝大叶地讲下去，但愿你们听起来不是很困难。顾虎头给嵇康作传，第一句话说的是“嵇康通灵士也”。这个“士”，是士、农、工、商的“士”，即知识分子、读书人、文化人，他是一个通灵的士人。这“通灵”二字跟一般有点知识、读过几本书大有不同，他的天分、性情、天生禀赋高明，有独特的性情，大概指的就是这个。这个“通灵”，开始曹雪芹不是说人，说的是石头，这就很有趣了。他是说女娲氏所炼的石头，通了灵性。本来石头是没有灵性的，通了灵性以后，又经僧、道施以幻术，变成了一块晶莹鲜洁的美玉。这块美玉投胎下世，才变成人。这就好像是说我们中国也有进化论，有点像达尔

>>>《红楼梦》第二回，借贾雨村之口，写出一个人名单子，罗列了中华文化史上很多重要的、出奇的人才，放在第一位的是许由。下面就是六朝的那些人——陶渊明、嵇康、阮籍、刘伶、王谢二族，接着一个就是顾恺之。图为清代禹之鼎《竹林七贤图》。

文。但达尔文讲的是科学，有种种的物种变化、进化、发展，正像大家常说的，最后由猴子变成了人。人家多有道理呀！这个曹雪芹算什么呀？怎么石头变了玉，玉又变了人？我觉得不能那么看，这里就包括了咱们中华先民对文化的认识。

我们的文化从什么时候开始？石器时代，人人都知道。我们中国人特别重视这个石头。直到今天，还有人到全国各处去采奇石，摆得琳琅满目，欣赏起来有无穷无尽的趣味。这是什么道理？那石头是怎么回事？石头本身有什么可研究的呢，它不过是自然界的一种形物罢了。如果这样看问题，就什么内涵也没有了，文化、艺术都不存在了。文化、文学艺术正是由这里开始的。先民为了生活也好，为了劳动也好，他使用石头，使来使去，石头磨得由生变熟了，石头的美质也出来了。在众多的石头里，人们忽然发现一种特别的石头非常美，内部的宝光简直是无法形容的那种可爱。由此又进入中华民族特别重视玉的一个阶段。我们过去的认识是——石头是顽，顽就是冥顽不灵。什么无志、无学，那就是一块死物。而玉则不同，玉是活的，有生命，能变化，这是我们古代的认识。这里边有没有科学道理，不能拿今天所谓西方科学的那种概念来生搬硬套。我的体会是，这个自然之物，它本身也有我们今天还没有完全认识到的——它的本质、它的品性，它会通灵。

好啦，物、人，石头、女娲——其中的关系十分微妙，要从女娲的故事说起。那时，天倾西北，地陷东南，不住的大雨，把整个大地都淹没了。女娲用石头把天补好，用炉灰把地铺好，重新用黄土和水捏人——这是传说中中华民族的开始。西方有创世纪嘛，我们也有创世纪。再想一想宇宙天地，我们中国的一个名词叫“造

>> >《红楼梦》的开头是从女娲炼石补天开始的。女娲用石头把天补好，用炉灰把地铺好，重新用黄土和水捏人——这就是传说中中华民族的开始。图为女娲的塑像。

化”。“造”，是创造。这个“化”是什么？可以说是变化，但“化”本身是“生”的意思。这个涉及文字训诂，无法细说。“化生万物”，“化”也包括了“生”，千万种物种都是那么变化、进化出来的。所谓“进化”还不就是一个“化”吗？我们要咬文嚼字，凭借我们汉字真正的文化意义、内涵，就觉得有滋有味了。

我说到这儿，提出一个命题，就是天地——大自然，我们管它叫“造化”，那是第一次的造化。我们中华人认为，中华文化是第二次的造化。曹雪芹这部书所思考的正包含了大自然的造化和人文的造化。我今天想说的就是用什么方式来告诉大家，我这个想法是否有道理？请大家思考一下。

我们的中华文化是第二次造化。你看看我们中华民族的用词——感化、教化、文化、潜移默化，还有很多词语，今天媒体不大用了。我们年轻的时候，讲到不好的事情，称作“有伤风化”。这个“化”和“变”有什么不同呢？我的体会，“变”更多的是“骤变”，一下子就变了，变得很快，能感觉到，能用眼看得到。俗话说，一下子变脸。戏曲有“变脸”艺术，好比本来很美，一下子变成大花脸，这就叫做“变”。

这“化”是什么呢？“潜移默化”。“潜”者，悄悄地，让人不知不觉；“默”呢，不声不响，这样就发生了变化。这个变化有一种“教化”“感化”的意味。“教”往往是训诫的感觉多一点，“感”更重要，什么叫“感”？交流为感，感而遂通。我们中国讲“交感”，意为两人的思想感情一交流，然后才能通。没有“感”，就谈不到“通”。好了，这才弄懂什么叫“通灵”的那个“通”。

真不好讲啊！这个“交感”，能“化”，也能“通”。这就是中华大文化的“天人合一”，它是中华文化最基本的一个观念，重要极了。那么，“天人合一”又该如何理解呢？“天人合一”有不同的解释——人本来就是大自然的一部分，也就是“天”的一部分；或者说，人是天的代表，比如南北朝时期刘勰的《文心雕龙》开头就说——人是天地之心，也就是那个性、那个灵。人为万物之灵，人占了“灵”这个字。

这个“灵”字是怎么回事？看简化字什么也看不出来，莫名其妙。本来这个“靈”字，上面一个“雨”，底下三个“口”，然后是一个“巫”，或者一个“玉”，简直妙极了。这表示什么呢？雨是从天上下来的，代表自上而降。下面的三个“口”，不是“口”的意思，我们可以想象为三个大雨点，不是四方的，底下是圆的，自上而下掉下来。“雨”字里面有小雨点，下面又有大雨点掉下来，这就是自上而下的一种表象。“巫”是古代天的代言人，人通过巫向天祈求，通过巫祭天，这就是一种交流、一种感通。这个“巫”是我们中华文化的倡始者，也是最早从事文学艺术的人。他们往往伴随着音乐以歌唱的姿态出现，唱的是诗，还有表演、化装……这就是戏剧的雏形。不能一看到“巫”就想到巫婆，在跳大神，在骗人、害人。

这个“灵”字代表了天人的交通。所谓“通灵”，不仅仅说它有了性情，也包含了中华民族对于天地宇宙、自然万物的巨大感悟。人类在这种时空、环境、条件之下，应该怎么办——如何看天？如何说地？如何待人？如何对己？这是中心问题。

下面，我们不妨转到曹雪芹作书，为什么要以女子为代表的问题。《红楼梦》凡例中说，作者自云：“今风尘碌碌，一事无成，忽

>>> 这个“灵”字代表了天人的交通。所谓“通灵”，不仅仅说它有了性情，也包含了中华民族对于天地宇宙、自然万物的巨大感悟。图为清代佚名《神游太虚幻境图》。

念及当日所有之女子，一一细考较去，觉其行止见识，皆出于我之上。何我堂堂须眉，诚不若彼裙钗哉？实愧则有余，悔又无益之，大无可如何之日也！”就是说，将当日所有女子细细考较下去，她们的行止、见识都超过男人，我要是不写出自己的作为、罪状，不现身说法——我自己不值什么，可以埋没，就无法表现那些女子，使之传世，让人人都了解女子这样博大的心胸。他是为人，而不是为己，这是第一。为什么选择女子呢？这个问题就更复杂。他说这些女子的行止——“行止”是什么呢？就是行为、作为、一切言行，就是人品、为人、做事，都包括在内；有见识、有学问、有眼力，什么是非、高下、优劣都看得清。这些女子比我们男人要高得多。曹雪芹书中说，女人是水做的，男人是泥做的。这些话被红学家们一千遍一万遍地引用，但没有人真正深入探究过。其实它还是继承了女娲炼石——第二次大造化而来，女娲创世，是用土和水做人。按照曹雪芹这个大艺术家、大文学家、大哲学家、大思想家的思路，是这样解释的——男人，我们这个“须眉浊物”，简直是不堪设想的。他通过贾宝玉还是甄宝玉之口说，我见了女儿感觉特别清爽；一看见男子，还没走近，就感到浊臭之气逼人。这简直有趣极了。这种意念来自何方？人是一个泥——泥代表一个质，和水——水分合成的。我们如果按照西方的科学来想一想，人的起源——生命最早还不就是发生在水里面。现在探索火星，说火星上有水，有水就可能有生命，这就是最简单的一个道理。

这说明曹雪芹这个伟大的文学家，他在探索人类起源——大自然的第一次造化，女娲的第二次大造化——我们中华文化的起源。为什么产生了人？人为什么有灵性？灵性是从哪儿来？天人的

>>> 按照曹雪芹的思路，是这样解释的：男人这个“须眉浊物”，简直是不堪设想的。他通过贾宝玉还是甄宝玉之口说，我见了女儿感觉特别清爽；一看见男子，还没走近，就浊臭之气逼人。图为清代改琦《仕女图》。

交感。人又分几大类？一类清爽、清洁，见了心里就明白清爽；另一类，他看不上——浊臭逼人。还有分类——有秉正气的、秉邪气的、正邪兼有的。还有一种人特别奇特——说他聪明灵秀，在万万人之上；说他乖张、乖僻，又在万万人之下。这又是一类人。咱们平时交往的无数的朋友、同事、亲人，也同样是万有不同，那些秉性、性格、爱好、气味、气质是如此之不同。这是怎么回事呀？这都是我们中华文化中的巨大课题。曹雪芹在《红楼梦》中，都加以阐述、揭示。

由于时间很紧，我们转到下一个问题。

二

尊重女子这种文化是从哪里来的呢？中国的历史，无论是正史、野史、小说，都是男人占了主要的位置。争权夺势，是他们；做坏事，也是他们。当然也有写坏女人的，比如《金瓶梅》《水浒传》里都有，但那是很个别的，也是应该受到批评的。曹雪芹是有鉴于此的。姑且以“四大名著”举例说明——《三国演义》是写帝王将相等级的人才，魏、蜀、吴三国各自占有文武出众的人才，否则他们怎么能成功立业呢？写得不错。到了《水浒传》的时代，作者说，你们把帝王将相、文武才子写得太好了，不用再添加了。我要写另一类人，你们谁都不敢写，就是那些谁也不认识、不理解的强盗。真是石破天惊！今天是不足为奇了，人人都看《水浒传》。但在我们的历史上，大家想一想，简直是了不起！强盗，该杀呀！

那是最坏的人，怎么敢写他们呢？然而作者说，不然，这些人才都是出众、出色的，结果一个个地遭冤枉、遭诬陷、遭迫害，最后没有办法，都被逼上梁山。戏里上演的林教头林冲家破人亡，黑夜里自己一个人夜奔梁山，曲子里唱的是什么呀？——“专心投水浒，回首望天朝。”还是那个忠心哪！这是一个层次。

到了曹雪芹时代又是一个翻天覆地的大变化。这个石破天惊比那个写强盗还要惊天骇世——写女子。这还不是我们中华文化上，最值得思考的大课题吗？女子在中国以往历史上所处的地位、所受的待遇，男人如何看待，这也是千变万化的。

中国历史上最先开始尊重女子，是汉代刘向写过的一本书，叫《列女传》，著录记述的都是有贤、有德，也就是贤妻良母类型的女子，而以后妃为主。虽然还没离开帝王将相的社会政治地位这个圈子，但并不是说就毫无意义。《列女传》著录了七十二位有贤德的女子，产生了巨大的影响。后来还有后续的《列女传》，不知道著录了多少女子。到了清代，好像是记述了梨园，就是唱戏的女伶，叫《金台残泪记》。这是最早记录女戏子的一部书，继承《列女传》的体例，还是记述了七十二位女子。大家看看，这多么有趣。七十二是什么呢？这是我们中国最喜爱的一个数字，包含着阴阳的组合。什么都是七十二——孙悟空七十二变，孔子三千弟子七十二贤人。然后大画家顾恺之第一次创作的《列女图》，在故宫还保存着原件，不知道是哪个版本。据说顾虎头画了两次，一次是大《列女图》，一次是小《列女图》。

看来通灵多情，情到极点就变成了情痴、情种。顾恺之也是情痴的老祖宗——他是对曹雪芹的文化源头影响最大、最多的一位奇人、奇才。六朝有《列女图》之后，又兴起画《百美图》的风气。先有顾恺之的《列女图》，然后才发展为《百美图》。曹雪芹的祖父曹寅（曹楝亭）看过明末清初大画家石涛画的一幅大《百美图》，是当时最有名的。石涛本姓朱，是明代的宗室，朱元璋多少代的子孙。他的山水画画得非常好，每一幅画都有大变化，无一雷同，但是知道他画过《百美图》的却不多。曹寅记录他看到了石涛画的这一长卷《百美图》，简直是爱不释手。这些事情在文化艺术上，都给了曹雪芹很大启示和影响。

还有北京朝阳门外的东岳庙，俗话叫天齐庙。天齐庙里供的女神叫碧霞元君。碧霞元君的最后一道殿叫寝宫，就是私人生活的住处。元代最有名的高手塑造了大约一百零八位侍女，所塑侍女，有端盆的、斟水的、梳头的……各式各样，神态活现，无一雷同。她们都一同伺候着碧霞元君这个圣母。这又给了曹雪芹巨大的艺术联想、文化联想。这个有证据，太虚幻境都有原型，不是凭空虚构。当然书中警幻仙子可能是虚构的，但周边环境描写得非常具体——门外一个大长石牌坊，进了庙以后，两厢有诸司。东岳庙，可以去看一看，一共七十二司。太虚幻境就是运用这个素材写就的。这里掌管着天下所有女子的命运，每一司里都贴着匾、联，有朝啼司、暮哭司、春愁司、秋怨司、薄命司等。这些女儿都是这样的命运——这就是曹雪芹对女人处境、命运的一个总看法。然后这种种文化艺术的头绪、线索都聚焦于曹雪芹的笔下——好，就如此选材、如此描写，最后才出现了一部伟大的《红楼梦》。

《红楼梦》中描写了多少女子？一百零八位。这也是从七十二发展、扩展而来。这是有事实的——十二钗，有正钗、副钗、再

>>> 中国历史上最先开始尊重女子，是汉朝刘向写过的一本书，叫《列女传》，著录记述的都是有贤、有德，也就是贤妻良母类型的女子，而以后妃为主。图为北魏《列女古贤图》屏风漆绘。

虞帝舜
帝舜二妃娥皇女英
舜父瞽叟

副、三副、四副，一直排到九层，九乘十二，一百零八。《红楼梦》开头说那个大石头高十二丈，脂砚斋批了——照应正钗；宽（正方）二十四丈，脂砚斋又批了——照应副钗；四乘二十四是九十六，加上十二，正好一百零八。大家看看，处处体现，这数字也是文化。女娲炼的石头有三万六千五百零一块，仍然是天文历法的一百年。一年不是三百六十五天嘛，那不就是一百年的总数嘛。它处处有文化内涵。

如此细想来，说《红楼梦》是我们中华文化的集大成之作，并不是溢美之词、有意提格。曹雪芹选择的主题、人物、写法、体例，以及种种的艺术构思等方面，我们都先不谈。他最伟大、最值得我们敬佩、永远说不尽的就是这个心田——我呢，种种短处，不值什么，不足道言；我写《红楼梦》是为了这些人，我要是不写，这些人都要被埋没。读读他写的那两首西江月："天下无能第一，古今不肖无双。"每一句都是不堪的贬词，他把自己放在什么地位呀——你怎么骂我，侮辱我，都不足为论。再看看他对这些女子的态度。他说了，那些女子的行止、见识都在我之上；又说这些女子"小才微善"，是异样的女子。这些措辞很有意味。这些女子，在他看来都是悲剧性的人物。因此，在太虚幻境，听的曲子、喝的酒、饮的茶，千红一哭，万艳同悲。为万千的女子，为世上所有女性的命运而恸哭、而悲伤。这才是《红楼梦》。它是曹雪芹在中华大文化的背景之下，深刻思考了我们所有历史、文化的漫长经历后的结晶之作。

刚才说以"四大名著"为代表，这太粗了。曹雪芹时代的小说太多了，简直成千上万。看他开头批评的那些小说，所以曹雪芹的

>>> 这些女子，在曹雪芹看来都是悲剧性的人物。在太虚幻境，听的曲子、喝的酒、饮的茶，千红一哭，万艳同悲。为万千的女子，为世上所有女性的命运而恸哭、而悲伤。这才是《红楼梦》。图为清代改琦所作《红楼梦》人物。

伟大即在这里。它确实是一个集大成者，不是虚的。有人会问，那它是不是常说的百科全书呀？什么都有，医卜、星相、服装、园林、音乐……找哪个问题，都可以解决。这可能也对，但却不是我的意思。我的意思是百科全书者是已定的、具体的，说得不好听点儿，是死的。每一条有一个定义，有个权威性的介绍，那是死知识。而且像摆摊儿似的，东一条，西一条，谁也可以不挨着谁。《红楼梦》何尝是如此，它是一个大整体。里面那些知识不是在那里卖弄，也不是摆摊显示。所有的诗词、谜语、酒令等都切合了诸多角色本身，还带有预言性，与后面的情景发展都有联系。所以《红楼梦》不是破碎的、摆摊式的、显示卖弄的败笔之作。这里面涉及中国汉语语言的大问题。

在一个《红楼梦》研讨会上，听说王蒙有一个发言。这次会议的主题是"《红楼梦》与世界文学"。当然有很多论文，讨论《红楼梦》应该怎样走向世界、《红楼梦》怎样伟大、如何与世界名著做比较。有一位大红学家叫宋淇，他说，《红楼梦》考证研究的前途有危险，意思是此路不通。与余英时先生一样，他批评考证派是"眼前无路想回头"。宋淇先生说红学的前景就是比较文学，拿《红楼梦》跟世界名著来比。现在国际上研究《红楼梦》的人大都是走这条路，拉过一部西方的小说来跟《红楼梦》比，结果比出来一些什么呢？当然也可以比出来。比得如何呢？非我所了解。因为我眼睛坏了，无法读书，英文也都丢光了。我今天只举一个例子，引用一位名人的话，他没有在会上赞成《红楼梦》应该走向世界，与世界名著做比较，而是说《红楼梦》要走向世界不容易，因为外国人不懂中文，不懂中文就无法读出《红楼梦》的真意味——

不是《红楼梦》要走向世界，而是世界要走向《红楼梦》。好极了，还是人家名家的措辞，确实好！这个想法与我的一模一样。我在另外的场合就不会这样说。我怎么说呢？也是要借一位名人的话。我最敬佩的大学者，就是季羡林先生。季老说，21世纪应该是东化。——哎呀，真好！我简直是不知道如何表达我的高兴了。东化，就要把《红楼梦》介绍给西方。

怎么介绍呢？现在西文的各种译本不算少了，最有名的是两种英文译本——我国的译本、英国的译本。法文译本最好，俄文译本早就出来了，还有其他的。日本是平均每两年出一种新日文译本。这些译本都是译者投入极大的热忱与精力才完成的，值得感谢。但对外国读者来说，是否仅靠译本就能读懂中国的《红楼梦》呢？问题并非如此简单。

这是因为中华文化有着深厚的内涵，每一个汉字都是一个信息库，都是一个文化联想。如何看待《红楼梦》的诸多译本呢？王蒙举了一个例子——《红楼梦》中王夫人被译为Lady Wang，Lady只是一个比较高贵的夫人的尊称，没有任何其他的意味，但书中的王夫人并不单单仅是这个意思。诸如此类，今天不可能讲很多，我在别的场合也常举这些例子。有的译文简直令人毫无办法，经常会引起巨大的误会，而且是可笑的误会。大家说怎么办？不懂中文，不了解中华文化，而要讲《红楼梦》、读《红楼梦》，困难是巨大的。我在这里说的情况，诸位不要笑。就说在座的诸位，我没法认识，连看都看不清。我希望跟你们每一位谈一谈、了解你，本来咱们这种节目应该先有统计，都填写一个表——我的文化程度，我读《红楼梦》的看法、想法，我今天主要想听的是什么内容，等

>>> 季羡林说，21世纪应该是东化。东化，就要把《红楼梦》介绍给西方。图为季羡林像。

等。这样我才可能有针对性地去讲，否则，效果不会很理想。我说的是大实话。想一想，奔过来听拙讲的，难道说对红学毫无知识、毫无兴趣就会来吗？来这一趟很容易吗？筹划、安排、找时间、牺牲假期的休闲和娱乐，来到这儿。我讲什么，才能对得起诸位呢？我心里是抱愧的。我就是想如何从每个人的文化角度，来切入《红楼梦》。大家现在已经看到些什么问题？正在想什么？这个我完全不了解，我要讲起来就很困难，这是一个大问题。如果将来有机会实行新的办法，先进行统计，先征求意见，然后经过民主集中，确定要讲的选题。今天只能暂且如此。

现在归到正题。大家可能会问，照你看，我们中华文化的大整体、大精神到底是什么？它又如何体现在《红楼梦》里呢？我试着回答。中华文化的两大命脉——一个是道德，一个是才情。讲道德，就是讲社会关系、家庭伦理关系，也就是待人、对己的问题。这一条大脉络以孔、孟为代表，所讲的道德概念——仁、义、忠、孝等都是人际关系。这个很好懂。过去讲中华文化往往偏重了这一面，讲得很多。这方面无疑是很重要的，但这不是我的话题。我要说的是中华文化的另一面，是实际发生了极大作用、巨大影响的那一面——才、情。道德与才情不是对立的，是每一个真正有文化教养、文化修养的人都应具备的两大方面。比如孔子不是一个老古板，不要把他当成一个道貌岸然的人，他其实是一个活生生的人。读一读《论语》，虽然是片言只语，却有情有趣，其哲学思想、人生见解是很高明的。孔子是一个大艺术家，擅长音乐、擅长艺术，对玉石同样也有极高的鉴别、欣赏水平。

玉石的历史很长。大禹做了帝王以后，手里拿着一个圭。圭代

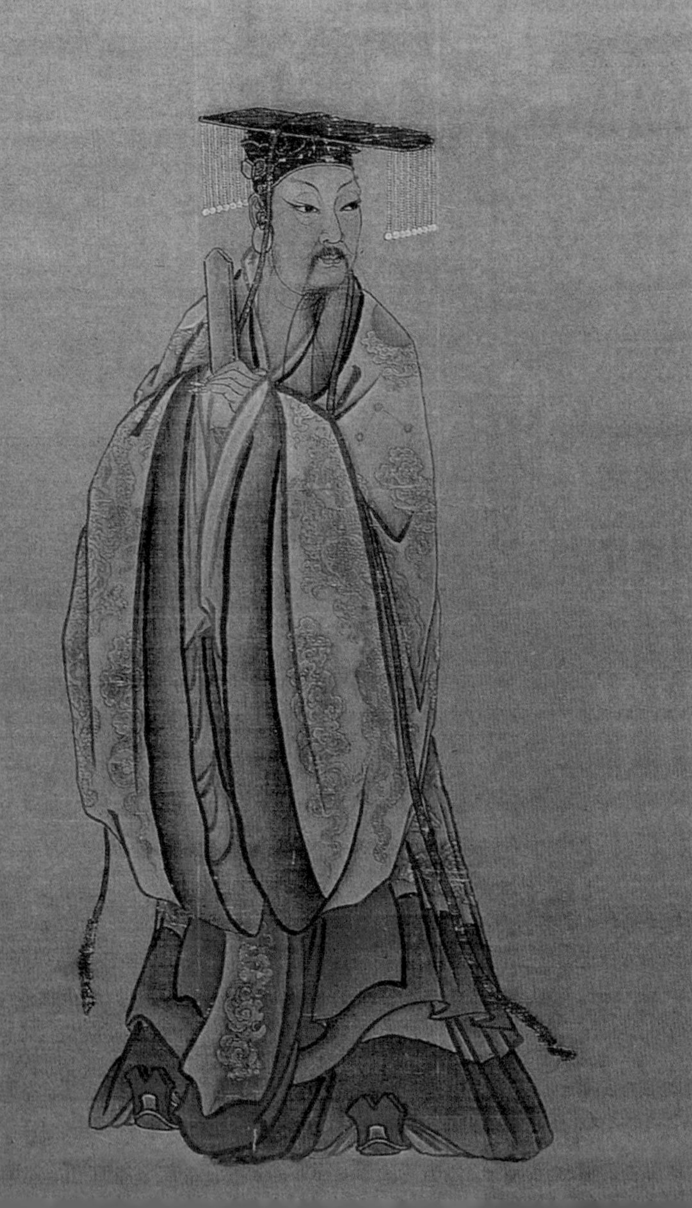

>>> 玉石的历史很长。大禹做了帝王以后，手里拿着一个圭。圭代表什么？这里有深刻的内容。图为宋代马麟《夏禹王像》。

表什么？这里有深刻的内容。中国是很讲究礼仪、仪容的。皇帝正位端坐，其面对的群臣的仪容不是演戏，那是真实的。他拿的这个玉是玄玉。玄是什么颜色？天玄地黄，就是青玉，古代都是青玉。自从汉代张骞出使西域后，和田白玉被带到中土，它才盛行起来。清代人最重视的就是汉白玉，所以《红楼梦》里有云："假不假，白玉为堂金作马。"这是汉代建章宫的典故。"东海缺少白玉床"，还是白玉，这里面奥妙无穷。今天没有时间细讲，这几句话里隐藏着极大的奥秘。

讲到才，曹雪芹就是个好例子。他思考了社会、伦理，道德、家庭，人、己，物、我这些关系以后，才写就了《红楼梦》。在《红楼梦》里，他是如何表现"才"的呢？难道他就是个老古板，讲了些枯燥无味的道理给我们听吗？那样的话，连教科书都不如，教科书还得讲点兴趣、有点魅力呢。翻开《红楼梦》一读，看看曹雪芹整个是才华横溢。中华人、文化人，知识分子、有文化教养的人，如缺少这两方面之一，就不是一个全面的人。所以，那一面要讲才、要讲情。要理解《红楼梦》，也要从这两大命脉来看。曹雪芹在《红楼梦》里表现得如此之精彩、如此之深刻，还能从哪里找这么一本如此精彩的书呢？正像王蒙说的，我也是个作家，也读过些书，但所有的书，到今天回顾起来，只有《红楼梦》一部让我百读不厌。拿起书来，随便翻开一页，就能看得下去，而有的书只能看一遍、两遍，就不想再看。这是个什么问题呢？

曹雪芹说这些女子有"小才"，把"才"点出来了。小才者，是与大才蔡文姬、班昭相比而言。"无才可去补苍天"，又是这个"才"。说元春有贤、有德，怎么选做了贵妃呢？——"才选凤藻

>>> 曹雪芹说这些女子有“小才”，把“才”点出来了。小才者，是与大才蔡文姬、班昭相比而言。图为清代周慎堂《文姬踏歌图》。

宫”，是以才选到宫里去的。贾元春没有正面写，因为她早就离开家了。可是等元宵节回到大观园之后，大家看她做了哪些事？第一次是行礼，转了一圈，这就叫游幸观赏，坐在正殿上，让家人行国礼；然后回到正斋行家礼，这都是仪式。她让姊妹、兄弟用大观园四大处——稻香村、潇湘馆、怡红院、衡芜苑为题作诗。所有《红楼梦》中的女子有德、有才，这个“才”包括文才，也包括处理事物的才干。书中贾府关系复杂，从上到下，主子几层，奴仆几层，充满了纠葛、矛盾、纷争。从第五十回以后，专门写的就是这个。不要认为《红楼梦》就是写吃喝玩乐、行酒令、游大观园等，哪里是这么回事！从第五十五回凤姐病了以后，写了很多那些当时称为下层奴仆的事情。这些女子没有一个雷同，都有才、有善，令人喜爱、佩服，又令人怜悯、同情。

再说这个“才”，我认为中华文化可以叫做“三才主义”。明代有一部大书，叫《三才图会》，把天地万物都包括在内。我们的文化观念是天有才、地有才、人有才。天之才，即是日月运行，云霞雷电，种种表现，我们认为都是才。这个“才”字怎么理解？并不仅是摇头晃脑、吟诗作赋方叫才。地是什么才？山川万物，品类繁盛。正如王羲之所说：“仰观宇宙之大，俯察品类之盛。”品、类，万品、万类，这是地的才，这是大地的表现。好了，天地都有如此之大才，我们人——天地之心，代表天地之性、情。你有才吗？你没有才，还能算是个人吗？这样一问，我们都不能是个人了？听起来像笑话，其实不然。《红楼梦》所思考的正是这些问题，曹雪芹一个一个都提出来，摆在那儿了。我们怎么办？我是说，如果诸位对中华文化和《红楼梦》的关系发生了兴趣，那就从这个角

>>> “无才可去补苍天”，又是这个“才”。说元春有贤、有德，怎么选做了贵妃呢？——“才选凤藻宫”，是以才选到宫里去的。贾元春没有正面写，因为她早就离开家了。可是等元宵节回到大观园之后，看她做了哪些事？图选自代孙温《全本红楼梦图》。

度重新去读《红楼梦》。如果你们已经试过，我希望你们再试，把以往那些高明人士对《红楼梦》婚姻、爱情的看法暂时放一放，从这个切入点再去看一看。这里有多少问题，有什么样的问题过去都没有看到过、想到过，从今天开始要重新看一看、想一想。如果今天拙讲能起到这个作用，我就太高兴了。

我还可以借用释迦牟尼这位大智慧者的话，他讲了一辈子佛法，最后一次他说，如果有人说我有所得、有所获，我有所说法，"是名谤佛"——如果你们这样看我，就是诽谤我。我没有所得，也没有讲什么。这是多么博大的胸怀！不像某些小学者那样夸夸其谈，我的学问如何，我比谁都高明、都正确，等等。曹雪芹也没有这样的小气。所以释迦牟尼是大智慧、大仁勇、大慈悲者，要普度众生。他的道理，他度化的方法，不是今天的话题，你可以不赞成。他说，情是一切烦恼的根源，要把情斩除。而曹雪芹说，我的书大旨谈情，这是针锋相对。曹雪芹不讲佛法，但曹雪芹的大仁、大勇，大智、大慧，大慈、大悲，为千红万艳而哭、而悲，我认为这个心胸足以和释迦牟尼的博大相比。

佛教传入中国，把我们中华文化"化"了一部分，我有一句诗说："大化涵融儒道释。"我们中华的文化把儒、道、释三大家都涵融在一起。佛教传入中国，并不是照搬过来的，而是被我们中华文化反过来"化"了，将印度的某些古文化、古佛教，融会贯通，融入我们中华文化中。大家看看我们中华文化的力量，这就是"化"。现在让我们回到开头，还要讲这个"化"。

教化、感化、潜移默化，那个大唐当时是全世界文化、文明最高的一个地方，好多人都要来留学，甚至接受当地官职的名衔。杜

>>> 佛教传入中国，把中华文化“化”了一部分，中华文化又把儒、道、释三大家都涵融在一起。佛教传入中国，并不是照搬过来的，而是被中华文化反过来“化”了，将印度的某些古文化、古佛教，融会贯通，融入中华文化中。图为清代金农《佛像图》。

甫的诗“万国衣冠拜冕旒”——各国穿着不同服装的官员到大唐朝廷拜见皇帝天子。《千字文》中说我们中华文化“化被草木”，这个大化可以加于草木，草木都受了文化的教化。看看这种观念！所以《红楼梦》里都受了这种思想影响——把物和人一律对待，物也是人，物也有性、有情、有灵。这不仅仅是指刚才说的石头。你们还记得吧——贾宝玉挨了打以后，玉钏送来莲叶羹，她含着一肚子怒气，因为姐姐受了宝玉的调戏，含屈而死。甄家的两个婆子也在。她们看望完宝玉，走出怡红院大门左右一看四顾无人的时候，两人就说——你瞧瞧，这个傻瓜，自己烫了，他不知道疼，反而问丫鬟你烫了没有？世上哪有这样的大怪物！大家可能还记得第三十五回“白玉钏亲尝莲叶羹……”的情节，傅家的两个婆子是如何评论宝玉的？见了天上飞的燕子，就和燕子说话；见了河里游的鱼儿，就和鱼儿说话。他把燕子、鱼儿当作人一样来交流，他要寻求交流、交通、交感。中华文化讲究感悟。婆子说，他见了月亮不是长吁短叹，就是咕咕哝哝。这两个婆子对《红楼梦》的主人公贾宝玉做了如此一番的议论、评价，好极啦！请问世界上哪一位大作家，敢于将自己花费十年心血、流着眼泪写出的大书中的主人公加以如此的评论，而且由两个没有文化的婆子的口中说出？他用如此巧妙的办法告诉我们——这个人，他的智慧、容忍、慈悲，物和我、人与己的关系摆得如此之高。所以鲁迅先生才说，自从有了《红楼梦》，一切传统的写法都被打破了。说写人，不是好人一切都好；坏人，不是一切都坏。这个话，你们怎么理解？好人嘛，故意挑点毛病；坏人嘛，得给他找点好处，给他和稀泥。如果这样理解，就是对鲁迅先生的大不敬了。凡是大人物说的这种言简意赅的

>>>《红楼梦》里都受了这种思想影响——把物和人一律对待，物也是人，物也有性、有情、有灵。这不仅仅是指石头，宝玉就是一个典型。图为清代改琦《红楼梦图咏》中的宝玉。

感悟，建议大家多去体会、多去感受，就会悟出里面真有大道理。

下面，留一点时间给大家。

我恳切地盼望在座的诸位，你们有什么问题，请不客气地提出来——不同意我的看法，或者有什么疑问，或者希望我对什么问题进行补充。

现在就开始！

第六节

文化经典《红楼梦》

每当与外国访问者晤谈时，我总是对他们说，如果你想要了解中华民族的文化特征、特色，最好的——既最有趣味又最为便捷、具体、真切、生动的办法，就是去读通《红楼梦》。

这说明了我的一种基本认识——《红楼梦》是我们中华民族的一部古往今来、绝无仅有的“文化小说”。

这话又是从何说起的呢?

我是说，从中国明清两代所有重要小说来看，没有哪一部能够像《红楼梦》具有如此惊人、广博而深厚的文化内涵的了。

大家熟知，历来对《红楼梦》的阐释众说纷纭、蔚为大观——有的看见了政治，有的看见了史传，有的看见了家庭与社会，有的看见了明末遗民，有的看见了晋朝名士，有的看见了恋爱婚姻，有的看见了明心见性，有的看见了谶纬奇书，有的看见了金丹大道……这种洋洋大观，也曾引起不少高明人士的讥讽，或仅仅以为谈资，或大笑其无聊。其实，若肯平心静气，细察深思，便能体认，其中必有一番道理在；否则的话，为什么比《红楼梦》

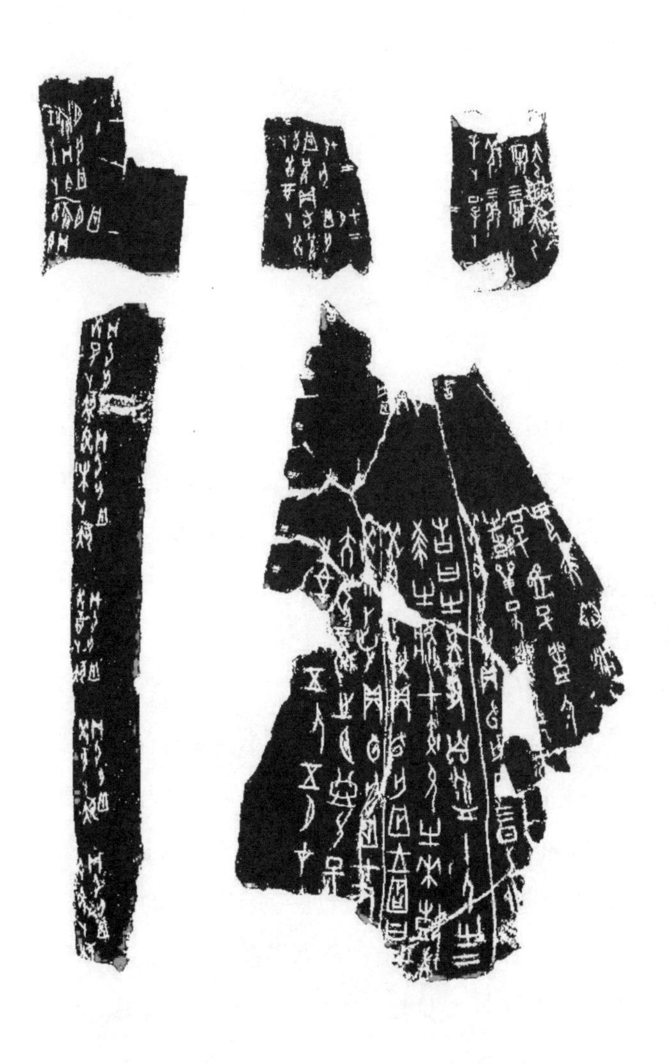

>> > “甲骨学”，其所代表的是夏商盛世古文、古史的文化之学。图为甲骨文。

更早的“四大奇书”——《三国演义》《水浒传》《金瓶梅》《西游记》，都没有出现这样的问题，显现如此的奇致呢？

正由于《红楼梦》包孕丰富，众人各见其一面，各自谓独探骊珠，因此才引发了“红学”上那个流派纷呈、蔚为大观的现象。而这“包孕丰富”，就正是我所指的广博深厚的中华民族传统文化内涵的一种显现。

近年来，流行着一种说法——从清末以来，汉学中出现了“三大显学”，一曰“甲骨学”，二曰“敦煌学”，三曰“红学”。也有人认为把三者相提并论，这实在不伦不类、强拉硬扯。但是，我却觉得此中亦深有意味，值得探寻。何则？“甲骨学”，其所代表的是夏商盛世古文、古史的文化之学；“敦煌学”，其所代表的是大唐盛世的艺术哲学的文化之学；而“红学”呢，它所代表的则是清代康乾盛世的思潮世运的文化之学。我们中华灿烂的传统文化，分为上述三大阶段，这三大阶段又反映为“三大显学”，倒实在是一个天造地设的伟大景观。思之绎之，岂不饶有意味？

从这个角度来讲，我觉得《红楼梦》之所以为文化小说者，道理遂更加鲜明显著。

那么，我既不把《红楼梦》叫做什么政治小说、言情小说、历史小说、性理小说……而独称之为“文化小说”，则必有不弃愚蒙而来见问者——你所谓的《红楼梦》中包孕丰富、深厚的文化内涵，究竟又是些什么呢？

中国的文明史非常悠久，少说也已有五千年了。这样一个民族，积其至丰至厚，积到旧时代最末一个盛世，产生了一个特别伟大的小说家曹雪芹。这位小说家，自然早已不同于说书人、不同于

>>> “敦煌学”，其所代表的是大唐盛世的艺术哲学的文化之学。图为敦煌莫高窟夜景。

一般小说作者——他是一个惊人的天才；在他身上，仪态万方地体现了我们中华文化的光彩和境界。他是古今罕见的一个奇妙的“复合构成体”——大思想家、大诗人、大词曲家、大文豪、大美学家、大社会学家、大心理学家、大民俗学家、大典章制度学家、大园林建筑学家、大服装陈设专家、大音乐家、大医药学家……他的学识极广博，他的素养极高深。这端的是一个奇才、绝才。这样一个人写出来的小说，无怪乎有人将它比作“百科全书”、比作“万花筒”、比作“天仙宝镜”——在此镜中，我中华众生的真实相，锋芒毕现，巨细无遗。这是何等的慧眼，这是何等的神力！真令人不可想象，不可思议！

我的意思是借此说明——虽然雪芹好像是只写了一个家庭、一个家族的兴衰荣辱，离合悲欢，却实际上是写了中华民族文化的万紫千红的大观与奇境。

在《红楼梦》中，雪芹以他的彩笔和椽笔，使我们历历如绘地看到了中华人如何生活——如何穿衣吃饭、如何言笑逢迎、如何礼数相接、如何思想感发、如何举止行动。他们的喜悦、他们的悲伤、他们的情趣、他们的遭逢、他们的命运、他们的担当、他们的头脑、他们的心灵……可以一一地从《红楼梦》中、从曹雪芹笔下，寻到最好的、最真的、最美的写照！

中华民族面对的“世变”是“日亟”的！中华民族文化的基本光彩与境界，都是不应也不会亡佚的——它就铸造在《红楼梦》里。这正有点像苏东坡所说的：“盖将自其变者而观之，则天地曾不能以一瞬；自其不变者而观之，则物与我皆无尽也，而又何羡乎？”

所以我说——《红楼梦》是一部伟大的文化小说。

>>> 虽然雪芹好像是只写了一个家庭、一个家族的兴衰荣辱，离合悲欢，却实际是写了中华民族文化的万紫千红的大观与奇境。图选自清代孙温《全本红楼梦图》。

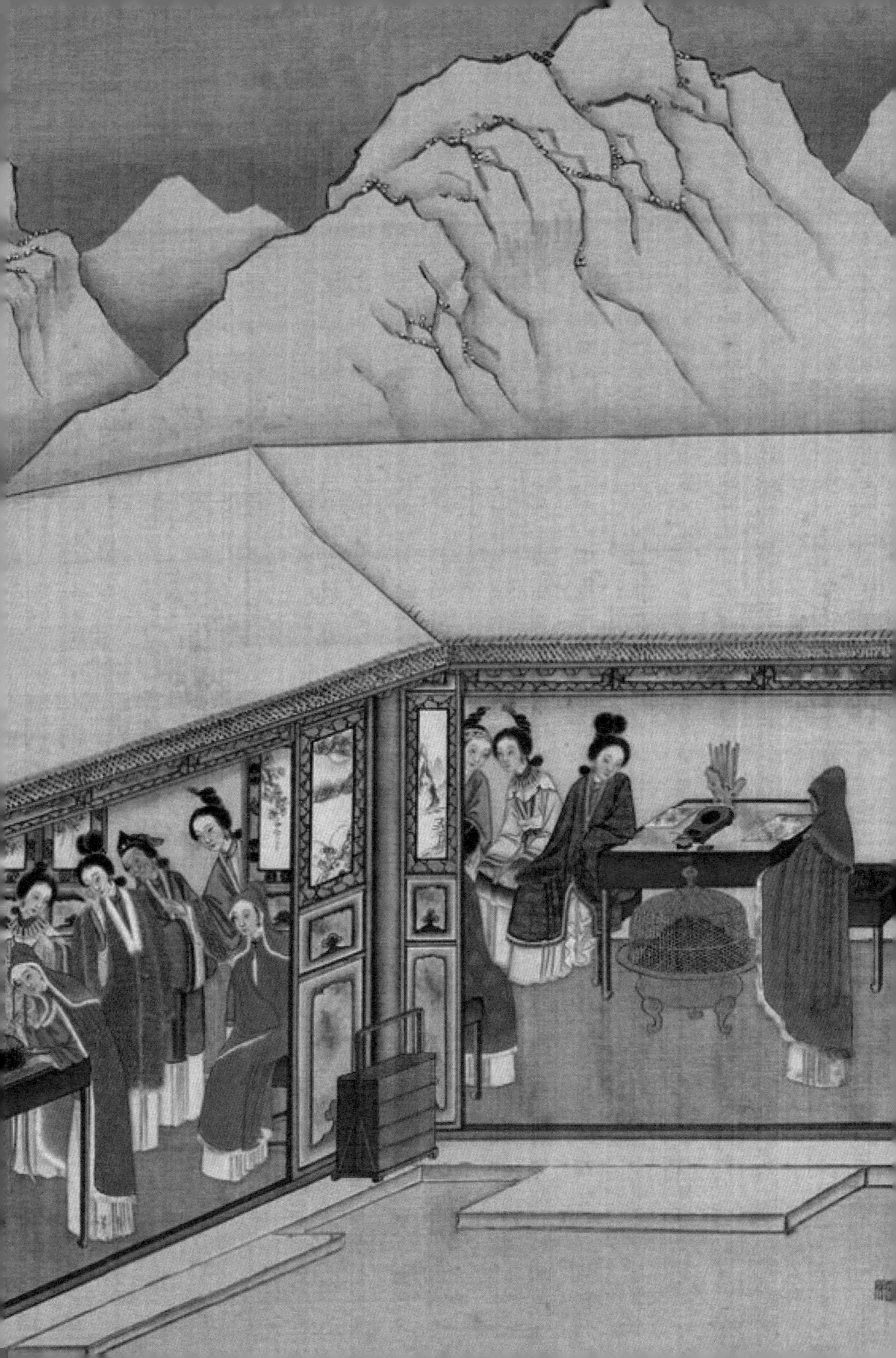

《红楼梦》几乎家喻户晓，问其何书耶？非演“宝黛爱情”之书乎？人皆谓然，我则曰否。原因安在？盖大家对书中“情”字之含义范围不曾了了，又为程、高伪续所歪曲，所惑乱，故而误认，曹雪芹之“大旨谈情”，男女之情耳。其实这是一个错觉。

原来在曹雪芹书中，他自称的“大旨谈情”，此情并非一般男女相恋之情。他借了对一大群女子命运的感叹伤怀，写了对人与人之间应当如何相待的巨大问题。他首先提出的“千红一窟（哭）”“万艳同杯（悲）”，已然明示读者——此书用意，初不在于某男某女一二人之间，而是心目所注，无比广大。他借了男人应当如何对待女子这一根本态度的问题，抒发了人与人的关系亟待改善的伟思宏愿。因为在历史上，女子一向受到的对待方式与态度是很不美妙的，比如《金瓶梅》作者对妇女的态度，即是著例。假如对待女子的态度能够有所改变，那么人与人——不管是男对男、女对女、男女互对的关系，定然能够达到一个崭新的崇高境界。倘能如此，人生、社会、国家、世界，也就达到了一个理想的境地。

《红楼梦》正是曹雪芹借宝玉而现身说法，写他如何为一大群女子的命运而忧伤、思索。他能独具只眼，认识到这些女子的才貌、品德，她们的干才——如熙凤，她们的志气——如探春，她们的识量——如宝钗，她们的高洁——如妙玉，她们的正直——如晴雯……都胜过掌权的须眉浊物不知多少。他为她们的喜而喜，为她们的悲而悲。他设身处地，一意体贴；他不惜自己，而全心为之怜悯、同情、赞叹、悲愤。这是一种最崇高的情，没有半点儿“邪思”杂于其间。《红楼梦》是不容俗人以“淫书”的眼光来亵渎的！

宝玉的最大特点是自卑、自轻，自我否定、自我牺牲。试看他凡在女儿面前，哪怕是一位村姑农女，也是“自惭形秽”，绝无丝毫的“公子哥儿”的娇贵意识。他烫了手，不觉疼痛，亟问别人可曾烫着？他受严父之笞几乎丧生，下半身如火烧之灼痛，也不以为意，却一心只想着别人的命运，一心只望别人得到慰藉。他的无私之高度，已经达到了“无我”的境界！他宁愿自己化灰化烟，只求别人能够幸福，也是同一意境。

宝玉是待人最平等、最宽恕、最同情、最体贴、最慷慨的人，他是最不懂得“自私自利”为何物的人！

正因此故，他才难为一般世人理解，说他是“疯子”“傻子”“废物”“怪物”“不肖子弟”，因而为社会所不容。

宝玉之用情，不但及于众人，而且及于众物。所谓“情不情”，正是此义。

所以我认为——《红楼梦》是一部以重人、爱人、唯人为中心思想的书；它是我们中华文化史上一部最伟大的文化著作。曹雪芹——他以小说的通俗形式，向最广大的人间众生说法；他有悲天悯人的心境，但他并无“救世主”的气味；他如同屈大夫，感叹众芳芜秽之可悲、可痛，但他却没有那种孤芳自赏、唯我独醒的自我意识。所以我认为曹雪芹的精神境界更为崇高、伟大。

很多人都说宝玉是礼教的叛逆者——他的思想、言谈、行动中，确有“叛逆”的一面，自不必否认。但还要看到，其真正的意义即在于他把中华文化的重人、爱人、为人的精神，发挥到了一个“唯人”的新高度，这与历代诸子的精神仍然是一致的，或者是殊途同归的。所以，我才说《红楼梦》是中华文化代表性最强的不朽之作。

>>>《红楼梦》几乎家喻户晓了，问其何书耶？非演“宝黛爱情”之书乎？其实不然！《红楼梦》是中华文化代表性最强的不朽之作。图为清代冯箕《红楼选梦图》。

讲后感言

这本书得以与读者见面，首先感谢中央电视台《百家讲坛》栏目。他们邀请我讲中国古典“四大名著”及中国古典小说，做了大量有益的工作。在设计编排、创意策划方面助我一臂之力，并一字一句为我笔录整理的我的女儿，其劳动也应在此提及。自己家里人似乎不必这样周到，但我的双目坏了，不能复阅，把我的节目内容忠实地整理出来，也担负着一定的责任，这种实情应该加以表述。还有，友人严中先生多年前就在他的著作中提出，中国古典“四大小说”，如果用最凝练的文字来揭示其精神实质，即是忠、义、诚、情。我很赞成这一提法。因为正如我所讲，他提出的这四个字都有所本，并非臆度和闲谈。在此，我也表示佩服和感谢！

这本书就是想把中国古典“四大小说”的传承和发展关系，初步梳理一下——《三国演义》运用一个“忠”字，写出了帝王将相那一类的文武人才；《水浒传》运用一个“义”字，写出了因受迫害而沦为“强盗”的英雄人才；《西游记》运用一个“真”字，写出了渴求真经的“人”“妖”结合的“方外”人才；而《红楼梦》

正是继承这“三大小说”的精神宗旨，突出运用一个“情”字，写出了真、善、美齐具又德才兼备，却横遭屈枉的那类女性英才。

综括而观，“才”是中国古典“四大小说”的内在命脉。但是“才”只说明了问题的一半，另一半是这些英才的命运。让我不避繁复，再引一次李义山的那两句诗：“管乐有才真不忝，关张无命欲何如？”请大家看看，上句是“才”的问题，下句便是“命”的问题。其何等清楚，何等令人憬然、悚然，不禁深思而长叹！

诗曰：

春晴春雨正春分，独对荧屏影似真。
惊问此中老且丑，敢来讲座是何人？

四大奇书片刻间，讲来怎得不为难。
全凭有胆便生智，一点心思或可观。